以星為卿書
著・黎青燃
繪・夏青
上卷
高寶書版集團

〈北斗七星〉

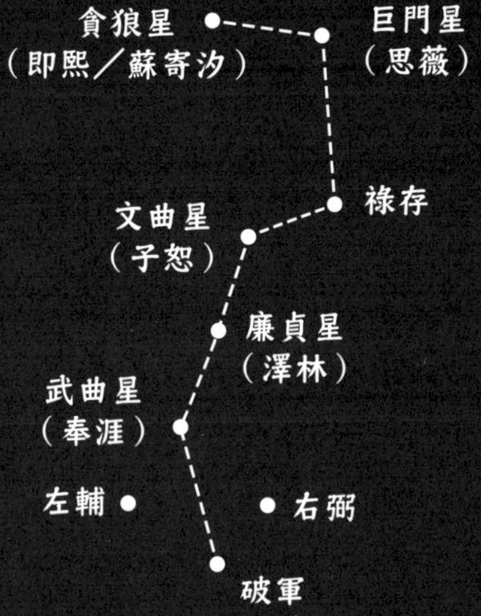
貪狼星
（即熙／蘇寄汐）
巨門星
（思薇）
祿存
文曲星
（子恕）
廉貞星
（澤林）
武曲星
（奉涯）
左輔
右弼
破軍

〈南斗六星〉

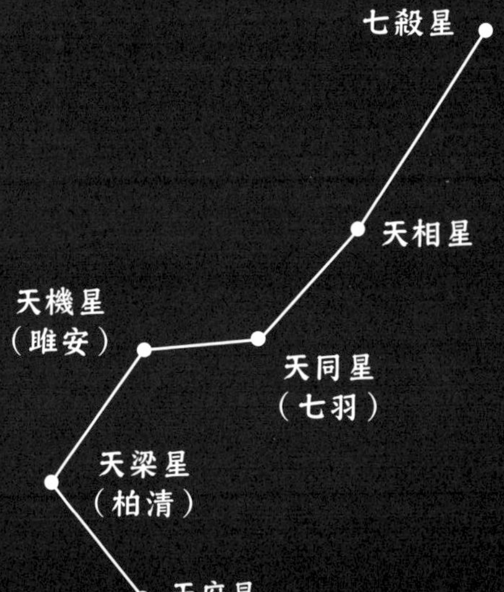
七殺星
天相星
天機星
（雎安）
天同星
（七羽）
天梁星
（柏清）
天府星

目錄
CONTENTS

楔子　復生

很久之後即熙想，她說不定是被唾沫星子噴到起死回生的。

如今這太平世道有兩條通天大道，為人的走一條，修仙的走一條。為人的讀聖賢書考功名，便是要濟世救民名垂青史。修仙的學習術法精進修為，為的是長生不老得道成仙。

若是有人踩在這兩條道之外，不免讓人覺得怪異。

若是有人踩在這兩條道之外，名聲還不好聽，那更叫人嫌惡擔憂了。

於是兼備以上兩個條件的懸命樓主去世的消息傳來時，人們不禁喜上眉梢奔相走告這甲子年開春以來最振奮人心的好消息，彷彿心頭大患終於解除，碗裡的飯都能多盛二兩。

這懸命樓主禾枷祖上是苗疆異族，上承熒惑星命，主災禍，只要一聲詛咒便可使生靈塗炭災禍橫行。禾枷還愛財如命，立了懸命樓拿災禍做起了生意，誰錢給得夠多就幫誰咒人降災，招來一幫朝廷通緝的罪犯做幫手，數十年間作惡多端，從平民到修士無不痛恨。

天道好輪迴，禾枷終於在咒殺星卿宮主之後犯了眾怒，被仙門百家一起討伐而死，從此世間再無災星，可謂大快人心。

可嘆的是人們不知道這位熒惑災星只短短消失了七天，就在眾人的咒罵聲中打著噴嚏醒了過來。

即熙——也就是惡名遠揚的「禾枷」，她打噴嚏倒不是因為眾人罵她，而是被香火味兒嗆的，她心說這陰曹地府又不是星卿宮，怎麼香火味兒這麼濃？她眼前是一片虛虛的黑暗，但也不是毫無光亮，即熙眼睛疼腦子也疼，開始遲鈍地想著這是什麼情況。

她最後的記憶是，那天懸命樓下圍了數不清的修士，她站在樓頂觀察形勢想著該用哪條地道逃跑，結果就出其不意的被一箭穿心。

彼時站在樓下的白衣男子放下手中的弓，面無表情地抬頭看著她，殘陽如血中他衣袂飄飄，纖塵不染一如七年之前。他從前笑起來時眉眼彎彎，明明是那麼好看的。

即熙也不知道當時她心裡是什麼滋味，那顆被貫穿的心大概也沒功夫傷感，就從樓上掉了下來失去意識。

無論怎麼看，她都死得透透的。

正在即熙思索之際，她眼前的黑暗被挑開，燭火溫暖的光芒從被挑開的黑暗邊緣蔓延進來。即熙意識到那黑暗乃是蓋在她頭上的一塊布造成的。

隨著布被挑開，和燭火一起映入眼簾的還有一雙紅色繡金紋的軟靴，包裹到小腿一半的位置，襯著腿部線條纖長。再往上去是同樣紅底金紋的衣袍，大袖，白皙的脖頸，然後露出人的臉龐。

站在即熙面前的男子眉骨鼻梁很挺拔，飛眉入鬢，微微低著的眼眸弧度平和以至於溫柔。清冷月光下他的氣質如白玉如白蓮，但紅色婚服加身就多了一分旖旎，絕色得不似凡人。

燭火亮起來時隱約能看見他右臉上纖細的銀色紋路，那紋路從右額角開始穿過右眼皮直到眼睛以下，只有在他眨眼的瞬間才能看見全貌。

那是南斗星圖。

他比七年前清瘦些，更成熟更好看了。

即熙癡迷片刻，接著嚇出一身冷汗。

這世上有什麼事比看到一個剛剛殺死你的人站在你面前更讓人驚悚的嗎？更何況這個人還穿著婚服正在揭開你的蓋頭？

眼前的男子，星卿宮的天機星君雎安沒有說話，四下安靜裡即熙只覺得茫然。

所以這……是什麼情況，她該說什麼？

哎呀好巧你也死了？你箭法長進不少啊？為什麼我倆在陰曹地府穿上婚服了？

她腦海裡掠過的每一句話都非常尷尬，即熙僵著身體決定保持沉默，以不變應萬變。

「師母請節哀。」

雎安將那蓋頭平整地放於床邊，先開口說話了，他的嗓音是低而沉穩的，如同古琴。

這久違的聲音讓即熙恍惚片刻，才抓到他話裡的重點。

「師……師母？」她震驚地重複一遍，然後被自己陌生的嬌柔聲音再次震驚。

即熙僵硬地環顧四周，這裡的擺設布置果然是星卿宮簡單雅致的風格。桌上喜燭之間擺著一個牌位，牌位上寫著星卿宮第四十七代宮主桑野之位。

所有前因後果小道消息立刻在即熙腦子裡飛速運轉。

先前聽說星卿宮宮主旅居秣陵蘇家，蘇家小姐蘇寄汐對他一見鍾情，非得要嫁給他。宮主與原配妻子太陰星君伉儷情深，妻子過世二十年不曾再娶，如今女兒都和蘇寄汐同齡了，自然是不肯娶她的。但蘇家先輩對星卿宮有恩，蘇寄汐又一哭二鬧三上吊，雪地裡等整夜，孤身私奔追宮主，追了半年宮主最後還是答應了婚事。

此事之前鬧得沸沸揚揚，即熙興致勃勃地嗑瓜子看戲，沒想到宮主還沒來得及結婚就去世，她這看戲的倒莫名其妙被推上戲臺，還死戲臺上了。

她可太冤了，竇娥六月飄雪都沒她冤。

即熙遲疑地望向雎安，說道：「我太過傷心，最近有點忘事……我……我叫蘇寄汐是嗎？」

雎安有些驚訝地抬眸，眼裡映著燭火：「那是師母的名字。」

「所以你這副打扮是替你師父和我拜堂成親？」

「是。」

「今天是什麼日子？」

「甲子年九月初八。」

這是她被一箭穿心後第七天，也是她二十四歲生日。

……天爺啊，她這是做了什麼孽，死在星卿宮手裡一眨眼又嫁回來了？還是他娘的結冥婚？人死不能復生是天地綱常，便是再厲害的修士、星君都是人死燈滅，她這算是怎麼回事？

這種情況讓即熙一時不知道該開心還是憂傷，她的心情在「復生成誰也不能成蘇寄汐啊」和「能活過來還挑三揀四個什麼勁」之間來回打轉，直到她的目光落回面前的雎安身上，她後知後覺地發現雎安的目光有些奇怪。

他彷彿在看著她，又彷彿什麼都沒有看著。燭火安靜地在他溫潤的眼睛裡搖曳著，瞳仁如同被水浸沒的黑色碧璽，過於漆黑了。

「你的眼睛怎麼了？」那些糾結複雜的心情立刻被即熙拋在腦後，她伸出手在雎安眼前輕輕晃了晃。

雎安的目光巋然不動，即熙的心沉了下去。他淡淡地一笑，說道：「前些年出了點意外，以至於失明。」

語氣平和不卑不亢，似乎這只是一件平常事。

即熙在他面前打轉的手僵了僵，有點不知所措地放下來。

雎安的眼睛從前總是溫潤帶水，明亮又敏銳，能準確地揮劍劃破飄飛的花瓣，也能從她滿篇的蠅頭小楷裡一眼揪出錯別字，怎麼會突然失明？

她下意識想問這是怎麼回事，話到嘴邊卻又沉默了。

假設你的殺身仇人站在你面前，他對你毫無防備而且雙目失明。而你恰好頂了二斤重的頭飾，裡面不乏尖利之物。按照套路來說你是不是得拔出個簪子報仇雪恨，再逃之夭夭呢？

即熙漫不經心地拔下一支簪子，定睛看去然後倒吸一口氣。

哎呀這不是上好的南海珍珠！這和田白玉！這栩栩如生的仙鶴！這絕了的鎏金！

即熙眼冒金光，家族祖訓在心中迴盪——「不計私仇專心弄錢，紙醉金迷逍遙人間」，蘇家嫁妝這麼豐厚，星卿宮日子這麼舒坦她又成了師母，管他三七二十一先享受再說。

她默默把簪子插了回去，清了清嗓子道：「行了，你師母要休息了，你走吧。」

雎安微微低首行禮，然後轉身離開。他紅色的身影消失在門口，輕輕掩上門，發出幾不可聞的「吱嗟」一聲。這一連串行動流暢而從容，如果不是他的目光散落沒有焦點，旁人應該很難察覺他眼盲。

如今雎安雙目失明，她總能打贏雎安一次了吧？

不過就算她贏了，難道真的能下得去手殺他？

即熙嘆息一聲，站起來活動活動筋骨，走到窗戶邊一掌推開窗門，屋外大好月光傾洩而入。

其實那眾所周知的惡名「禾枷」是即熙的姓，這是隨她爹的苗姓，她的名則是漢人母親起的即熙二字。不過因為熒惑災星依靠血統代代相傳，名字又不為人知，世人便只叫他們「禾枷」，老禾枷死了小禾枷繼承，世世代代無窮盡——哦不，很可能盡在即熙這一輩。

她一低頭發現窗臺上有群螞蟻，正將一隻黃蜂的屍體往蟻穴搬，密密麻麻的形成黑色長線。

即熙趴在窗臺上看著那群螞蟻，用手指劃開窗臺上的牆灰畫著符咒，口中念道：「太昭在上熒惑有命，令爾眾蟻迷失其途為時一刻，速應我咒。」

即熙話音剛落那群井然有序的螞蟻突然從中間斷開，開始原地繞圈圈。即熙托著下巴耐心地等著，一刻之後它們又恢復了秩序，連接起來繼續搬黃蜂屍體。

如果有人知道大名鼎鼎的惡徒正趴在窗臺上咒螞蟻找不到路，恐怕會大跌眼鏡。

即熙看著這光景，忍不住長長地嘆息一聲。

得了，她還是熒惑災星，一點兒沒變。難道是因為他們禾枷一脈絕後沒有繼承人了，熒惑就把她整活過來繼續擔著星命？

即熙抬頭在漫天星斗中找到熒惑星所在，默然無語片刻後慢慢地舉起手握拳行禮：「您是不是忒懶了點？再換個血脈比起死回生難嗎？」

然後又大喇喇地拜了一拜：「多謝您的生辰賀禮，以後還要請您繼續關照了。」

第一章　師母

星卿宮的星君們雖歸屬於修仙這條路，又和其他修仙的人不太一樣。

星卿宮有個鎮宮之寶星命書，平時看起來是一塊其貌不揚的石頭，每三年開封一次顯露真身，選擇凡人中可擔大任者授予星命，執掌天下運勢。

運勢是個很玄妙的東西，普普通通的人若是交了好運能飛黃騰達，而再厲害的英雄也怕時運不濟。執掌了天下運勢，隱隱約約有了神仙的意味。

可別的修士們尚且有幾個能飛升成真的神仙，但成了星君就意味著永遠處於凡人和神明之間，生死如常。他們離神明最近，又離神明最遠。

更何況如果星君職責有失，便會被星命書判為失格，奪去性命，這其實是個危險的頭銜。

當年即熙隱瞞身分混進星卿宮時，聽了柏清師兄介紹星卿宮的由來，不屑道：「什麼嘛，外面那些修仙修道的動輒呼風喚雨點石成金，這星卿宮左一個星君右一個星君，除了壽命長點容顏不老之外也沒什麼厲害，不就是仙門百家中的吉祥物麼？」

當即把柏清師兄氣得眉毛不是眉毛鼻子不是鼻子，指著雎安說：「師弟不是我不給你面子，這孩子性子又野又邪，哪兒來的你給我送回哪兒去！」

雎安只是微微一笑回應道：「即熙說的也沒錯。」

思薇也跟著擠兌即熙要她走。

那時候十六歲的他已經是最負盛名的天機星君，主良善之勢。只要他活在世上，人們便心存善念，世間少有戰亂人禍。

從夢裡醒來時，即熙遲遲沒回過味兒來，不明白自己怎麼會夢到那麼久之前的事情，十幾年前的柏清、睢安、思薇還有自己。

她拍拍臉頰翻身起床，洗漱收拾。即熙拿過銅鏡看著鏡子裡那個如花似玉的美人，嘖嘖感嘆蘇寄汐怎麼長得這麼好看，她自己都想嫖了自己。

雖說星君們容顏不老，但星卿宮宮主歲數都可以做蘇寄汐的爹了，她這個出了名的美人要死要活的過來守寡，圖什麼呢？星卿宮有錢，蘇家也不缺錢啊。更何況按星卿宮的規矩「凡事必躬親」，除了飯不用自己做，其他的內務都必須自己料理，合宮上下沒有一個奴僕。蘇寄汐這個嬌小姐嫁過來，多半是孤零零的連一個僕人都沒有，實在是太可憐了。

即熙向來捨不得美人被糟蹋，不免撫摸著銅鏡痛心疾首，恨不得把蘇寄汐再召回來搖著她的肩膀問她是怎麼想的。

要是復生成別人的寡妻，第二天即熙就能給他們表演一個放蕩不羈紅杏出牆，可這是星卿宮宮主的寡妻，眾弟子的師母大人。

她短時間內還是不想再死第二次……

即熙嘆息一聲，從櫃子裡翻出衣服和髮冠，秋季五行屬金，故而星卿宮秋季的宮服乃是白底金紋，繡的是鳳凰振羽的菊花。星卿宮保持了一貫的一視同仁，除了星君的衣服會加繡星圖之外，弟子們的宮服都是一模一樣的——就連她這個師母大人的衣服也不能例外。

她抖抖衣服熟練地穿戴好，一推門走進暖暖秋陽中，舒展四肢伸了個懶腰，背著手晃悠悠四處閒逛著。即熙拐過一個彎走到講學廳背面，看到一棵高大粗壯的山楂樹，結了滿樹果子。

這棵樹好像是她很久以前種的哎？

即熙眼睛陡然一亮，衣擺往腰間一繫，蹭蹭蹭爬上樹，興致勃勃地摘起山楂來。按她青梅竹馬賀憶城的話來說，即熙就是忒俗氣一人，愛美人愛歌舞，愛錢愛酒愛吃。吃的裡面又嗜酸甜，尤其喜歡冰糖葫蘆。

「昨天第一次見掌門師兄穿紅衣，太好看了吧。」一個稚嫩雀躍的女聲傳來。即熙低頭看去，幾個身穿宮服的女弟子正圍在樹邊說閒話，當然她們並沒有發現頭頂的樹上還趴著一個人。

剛剛稱讚雎安的是其中看起來年齡最小的一個姑娘，大概就十三四歲吧，滿臉仰慕。即熙對她的評論深有同感，她一向知道雎安容顏絕佳，但是從沒想過他穿婚服的樣子。

要知道她從十歲混入星卿宮，直到十七歲被封貪狼星君後溜回懸命樓，這七年裡眼見著睢安拒絕了燕瘦環肥男女老少不知道多少追求者，基本囊括了已知的人的所有品種。而睢安也沒有表現出對動物或者妖魔鬼怪有什麼特殊愛好，以至於即熙一直覺得他將要孤老終生。

他好歹還是穿了一次婚服，雖說是替師父跟她這個冒牌師母成婚。

即熙靠在樹幹上，決定聽一聽牆角。

另一個年歲稍小的姑娘面含痛惜，說道：「昨天師兄拿綢子的時候第一下沒拿到，我看得心都揪起來了。我來星卿宮之前不知道睢安師兄居然失明了，怎麼會這樣呢？」

好問題！

即熙直起身來，豎著耳朵不放過一點兒聲音。

一個稍微年長的女孩子嘆了口氣，她應該進宮時間最長，顯示出幾分權威的樣子，慢慢說道：「大概三年前，師兄一夜之間雙目失明，誰也不知道原因，師兄不願意多提。這一直到現在都是個迷，但是……」

即熙伸長了脖子，等著但是後面的內容。

「但是妳們想啊，如果急病導致失明，定然有徵兆。師兄失明前後都好好的，不應該是急病所致。」

年輕的姑娘們點頭稱是，即熙也跟著點頭。

「要說走火入魔，星君失格必然有緣由，那些天師兄哪裡都沒去起居如常，也不會是失格。」

「是啊是啊……」

「以師兄的身手和不周劍，誰能行刺他？」

「是啊是啊……」

「所以只有一種可能——定然是那熒惑災星詛咒了師兄！」

「是啊是啊……」

「是啊……啊哈？」

樹下的姑娘們被樹上傳來的聲音嚇到，紛紛抬頭看去，便見一個美貌年輕的女子掛在樹上，表情十分扭曲。

「妳這一派正經的推論，怎麼得出個狗屁不通的結果？」

年長的姑娘後退了幾步，怒目圓睜：「妳是誰！妳……妳居然敢爬掌門師兄的樹，還偷果子！」

這話真新鮮，她種的樹怎麼就成睢安的了？

即熙大喇喇地靠著樹幹：「這樹是睢安的？讓他叫一聲看這樹應不應啊。」

年長的姑娘氣得不行，拔劍就要趕即熙下來。年輕的女弟子拉住她的袖子小聲道：「她長得這麼好看，不會是師母吧……」

「什麼師母，那蘇寄汐再不講道理，好歹是個大家閨秀，怎麼會是這種地痞無賴！」

呦呵，這小姑娘說蘇寄汐不講道理？

即熙雖然也覺得這實在是一樁強賣強買的婚事，但她借這個身分過活，自然要替蘇寄汐說兩句話，於是俯身丟了幾個山楂給她們。

「別氣啊一起吃唄。蘇寄汐雖然任性鬧騰了點，但是對紫微星君一往情深不可自拔，連他死了都要做他的妻子。情深至此有什麼錯處嗎？小姑娘妳那麼仰慕雎安，若是有辦法嫁給他，妳嫁不嫁？」

年幼的幾個姑娘接住果子，覺得吃也不是糟蹋也不行，正在為難。又見即熙說著話指向她們，頓時羞紅了臉。

年長姑娘不由得更氣了：「才不是呢！她早先看上的是雎安師兄，後來知道雎安師兄失明了，嫌棄師兄看不見才轉而要嫁師父的。」

什麼？

蘇寄汐他娘的敢嫌棄雎安？

即熙立刻怒火中燒，差點沒一蹦三尺高，如同炸了毛的貓。

「雎安看不見怎麼了？她蘇寄汐有眼無珠還不如瞎了！這世上美女成千上百，天機星君三百年來就出雎安一個，她是個什麼玩意兒也好意思挑雎安的毛病，我呸！」

姑娘們被即熙變臉之迅速驚得無言以對，正在此時即熙聽到有人遠遠地喊了一聲：

「師母？」

抬頭看去便見兩個長身玉立的白衣男子站在遠處屋簷下，正是天梁星君柏清和睢安，柏清吃驚地看著她，而睢安眼眸低垂神色淡淡。

樹下的姑娘們不敢置信地重複「師母」二字，即熙才意識到她剛剛好像把自己狠狠罵了一頓。

即熙沒想到會讓柏清和睢安撞見這一幕，她思忖著蘇寄汐這種大家閨秀，著實是不該爬樹的，於是邊想著如何圓話邊從樹上跳下來。一時分神腳下一空，手忙腳亂地從樹上掉下來，她聽見自己的骨頭發出清脆的哢嚓聲。

……這蘇寄汐的身體，也太脆了吧？

甲子年開春以來，柏清就沒閒下來過，諸多事端一件接著一件看不到盡頭。師父猝然去世、誅殺災星、新師母鬧著嫁過來，如今新師母竟然從樹上掉下來暈了過去。

他快步穿過長廊拐角處，在金色的銀杏樹和紅牆之間看到提著個木盒子，悠悠前行的睢安。柏清與他並肩而行說道：「聽說師母醒了，你也是去看師母的？」

睢安微微側過頭，目光轉向柏清的方向，就像能看見似地點了點頭：「蘇家的人來了，你多留心。」

睢安邊說邊靈活地避開了身前一個花壇，他對星卿宮的構造瞭若指掌，柏清卻差點被旁邊的枝椏絆一跤。柏清長年身體不協調，不要說撞樹撞牆甚至會左腳絆右腳，他有時候都懷疑他和睢安誰才是瞎子。

正在柏清暗自鬱悶之時，卻聽睢安說道：「禾枷的屍體帶回來了嗎？」

柏清心裡一緊，連帶著說話都不利索了：「運……運回來了……放了好些冰，屍身還完好。怎麼了？」

「她名聲不好，屍體若是落入別家手裡大約會被侮辱踐踏。我們運回來，就將她好好安葬吧。」頓了頓，睢安輕輕一笑淡然道：「怎麼我每次提到禾枷，你都這麼緊張？難道……」

一時間柏清的心臟又提到了嗓子眼。

「……難道你也覺得，師父不是她殺的嗎？」睢安的下半句話讓柏清的心落回了肚子裡。

師父死得離奇而突然，一時間災星詛咒說甚囂塵上，仙門百家借此討伐懸命樓，星卿宮幾乎是被裹挾著參與的，實際上睢安對禾枷一直持保留態度。

柏清清清嗓子說道：「那日你令『問命』箭誅殺害死師父之人，問命箭徑直取了禾枷性命。以問命箭的靈識，它認定禾枷是凶手便不會有錯。」

睢安皺皺眉頭，應道：「確實如此。」

「……那你為什麼覺得師父不是禾枷殺的？」

「只是感覺而已，並無實證。」

「哈哈……你又不認識禾枷，哪裡來的感覺。」柏清覺得自己的聲音有些發乾。

睢安只是笑了笑，南斗星圖在他的右臉上若隱若現，他道：「說的也是。」

柏清卻有些笑不出來了，他神色複雜地看著身邊笑意恬淡的睢安，心中有些悲哀。

那天他看到禾枷的屍體發現居然是失蹤多年的故人時，震驚到無法言語，下意識阻止走過來詢問情況的睢安。

而睢安只是疑惑地皺起眉頭，神情沉穩平和如同往常。他的眼睛裡映著那具血肉模糊的屍體，就像一面透不過光的鏡子，然後以冷靜甚至天真的語氣問道——怎麼了？

那一刻柏清看著茫然無所知的睢安和死去的即熙，他頭一次由衷地慶幸睢安已經失明了。

有些事還是永遠看不見，不知道的好。

「夫人，您只是崴了腳……」

「不不不，我頭疼頭暈腦子脹，我肯定是磕到頭了……」

「您頭上沒傷……」

「那興許是內傷啊！」

看到柏清和睢安走進房間，大夫終於從和即熙的糾纏中解脫出來，如見親人般向他們行禮說道：「夫人不知怎麼的一醒過來就嚷嚷著頭疼，還說想不起事情來了。可老身怎麼也查不出夫人有什麼問題。」

即熙擁著被子，對他們露出標準的微笑。

這種藏著狡黠的笑容讓柏清一瞬間想起那位死去的故人，身上有些發毛。

他眼見著睢安往前走了兩步，而師母非常自然地把旁邊的椅子拉開防止絆到他。

這樣自然的關懷再次讓柏清感到似曾相識。

「師母感覺如何？」睢安問道。

即熙清清嗓子，笑道：「好多了，就是頭疼……以前的事情記不太清楚了。聽說我是從山楂樹上摔下來的？我想不起來為什麼會去爬山楂樹了。」

她眨著眼睛，一派純良。

「您似乎是去摘果子的。」睢安並不深究，只是笑著說：「我吩咐弟子買了些新鮮山楂給您，以後您想吃什麼或有什麼需要，可以隨時跟我和柏清說。」

睢安將手裡的木盒子遞過來，即熙立刻伸出手接過盒子，抱在懷裡打開，裡面果然是水靈靈的山楂。

即熙喜笑顏開，心中感嘆睢安果然很會做事，正想說幾句道謝的話卻聽見一道刺耳的帶著怒氣的男聲。

「舍妹受傷，尊上卻只用一盒山楂來敷衍？這般欺負人的架勢，我可真是大開眼界！」這個高大的男人一身薑黃色常服，怒氣沖沖地走進屋子，看長相和蘇寄汐有幾分相似。

即熙聞言默默放下遞到嘴邊的山楂，心想來送嫁的蘇家人還沒走啊？這不是增加她的演戲難度麼。

蘇寄汐的兄長站在即熙床頭，轉身對雎安和柏清說：「我一向聽說尊上們的美德，歷來尊重有加，才放心將舍妹託付此地。誰知第一天她便墜樹受傷以至於昏迷，實在叫人失望擔憂。」

即熙舉起手：「這個其實……」

「舍妹年紀雖小，但輩分上已經是尊上們的師母，尊上們就是這麼尊敬照顧她的？」

「我墜樹是……」即熙繼續試圖插話。

「天機星君，我尊你為天下楷模良善之基，沒想到你也是這般心懷芥蒂恃強……」

即熙終於忍不了了，伸手拍拍她義憤填膺慷慨陳詞的兄長：「你閉嘴聽我說好嘛？」此言一出她兄長立刻停了話頭，和柏清一起向她投來詫異的目光，雎安也將臉轉向這邊。

即熙知道自己剛剛語出驚人，於是清了清嗓子。蘇寄汐是江南女子，即熙最熟識的江南女子便是那教坊裡的歌姬舞伎，於是揣摩她們的神態語氣，緩緩開口。

「剛剛妹妹情急之下言辭失禮了。兄長，妹妹知道您是心疼我，但這番話未免小題大做。這件事是意外罪責在我，兩位星君實屬無辜。您不要掛心我，早日回家為好。」

她自認把那迂迴客套，楚楚可憐的勁兒學了個十成十。

「確實是我們照顧不周，沒有來得及給師母介紹星卿宮，師母在陌生的環境裡，難免驚慌受傷。」晔安也開口，認真地抬手行禮表示歉意。

他的白色衣袖上繡著秋季宮服的鳳凰振羽，另外有綿延恢宏的三垣二十八宿星圖沿著衣襟蔓延到看不見的後背，無聲時如同一幅畫卷。

晔安這個人有種莫名的力量，你聽他道歉自己反而有負罪感。好像這個溫柔俊朗的男子生來就該高高在上不能低頭，無論低頭的對象多麼高貴都是玷汙了他。

這種氣質往往能不戰而屈人之兵，即熙以前不知道栽過多少次了。

蘇家兄長果然無法在晔安面前保持憤怒，他面色稍霽仍然不快地看了晔安和柏清幾眼，說：「既然寄汐這麼說，那我也不過多追究了。我還有些事情要與妹妹說，請二位迴避吧。」

晔安便笑笑，悠然行禮然後和柏清一起離開了房間。

蘇章確認晔安、柏清已經走遠之後，才坐在她床邊的椅子上低聲說道：「妳鬧這一出是想幹什麼？我聽說妳記不起事情了，不會把我們的約定也忘了吧？」

眼前這個妹妹露出奇怪的表情，她微微前傾身體似乎對這個話題很感興趣：「記不太清楚了，你再跟我說說唄。」

他覺得有些不對頭，但又說不出哪裡不對頭，只說道：「當初說好的，我們幫妳嫁給星卿宮主，妳找機會把星命書拿出來。」

妹妹的表情凝滯片刻，繼而大笑起來。

「……哈哈哈哈哈……抱歉抱歉，沒控制住……」即熙笑得嗆住了。

星命書封星君並非真的從芸芸眾生中大海撈針。每三年星卿宮會舉行大考，排名前五十的弟子才有資格進入封星禮，一般來說星命書會從這五十人裡選人封為星君。

當然也有像雎安這種剛出生，就被星命書指定為天機星君唯一候選的異類。

有些修士覺得星卿宮擁有星命書，壟斷了星君的來源，頗有微詞。這都是明面兒上的話，暗地裡誰不想要掌握星命書，讓封星禮上只有自家人呢。

蘇章驚詫狐疑地看著樂不可支的即熙。

即熙穩住表情真誠地說：「哥，這事我是真記不清了，這種癡人說夢的東西你趁早忘了好。」

蘇章立刻站起來，氣憤使他忽略了妹妹身上不同尋常的氣息，只怒道：「妳這是得償所願了想反悔？別忘了是誰出主意幫妳得這師母之位，別忘了妳母親還在家裡巴望著妳！」

即熙抬頭看了他一會兒，然後打開木盒子漫不經心地吃起山楂：「這種故事我見的不少，我猜猜看啊。是不是蘇寄汐的親生母親另有其人，只是被認到嫡母膝下了？按照這個背景，她很可能為了給自己和生母爭口氣，被你們慫恿著去追求星卿宮主。然後那些一哭二鬧三上吊、大雪裡等一個晚上、私奔追隨的戲碼也是你們教她的？」

蘇章冷哼一聲，答道：「別陰陽怪氣了，妳不是記的很清楚麼？」

即熙嘆息一聲，拿了兩個山楂在手裡剩下的蓋好盒子放到一邊，微笑著看著蘇章：「哇，我真是好久沒見你這樣貨真價實的畜牲了。」

「妳……妳！」

「我還說中原姑娘一向很重名節很矜持，怎麼追求愛人追出我們苗疆女子的氣勢？你但凡真當她是你妹妹，就不該這麼利用她，還拿她母親威脅，也太下作了吧？」

蘇章怒不可遏：「妳信不信我……」

即熙敷衍道：「信信信……」

她手裡碾碎了山楂，飛快地在蘇章前襟上劃了幾筆，收回手念道：「此人若害蘇寄汐之母，害一分則自己反受十分……」

蘇章驚恐地後退幾步，上下打量著即熙：「妳……妳……」

「……此人若洩露我的身分，則……嗯……七竅流血瘋癲而死。」即熙還思考了一下什麼樣的結果比較有威懾性，然後對著臉色蒼白的蘇章嫣然一笑：「災禍之主是為熒惑，厄運之令皆由我出，接令！」

蘇章前襟沾了果汁的地方發出紅光繼而黯淡不見。死咒結成。

「怎麼可能……熒惑災星……禾枷……妳是誰？妳不是死了……蘇寄汐呢？」蘇章語無倫次地喃喃道。

即熙沒有回答他的問題，只是笑嘻嘻地說：「怎麼了哥哥，坐呀？」

蘇章被她拉著僵硬地坐下，剛想說什麼就見即熙做出噓聲的動作：「哥哥從今往後可要謹言慎行，當心禍從口出。」

蘇章的臉色唰一下全白了，身體開始哆嗦，絲毫沒有剛剛盛氣凌人的樣子。即熙拍了拍他的肩膀，嘆息道：「已經很多年沒有人敢威脅我了，倒是挺有趣的。哥，回去秣陵路途遙遠你注意安全，回家了別忘替我向母親問好啊，我覺得明天你就可以出發了。」她放下手，又拿起來山楂開始吃：「你覺得呢，哥哥？」

蘇章第二天立刻啟程回秣陵蘇家了，動作快得像是有惡鬼在後面追著他似的。即熙懶得表演什麼兄妹情深，藉口說自己腳崴了不方便，躺在房間裡吃山楂果子，送都沒去送。

那天對她出言不遜的姑娘登門來給她賠罪，小姑娘叫織晴，不過十六七歲，紅紅的眼睛裡有些含糊的歉意和委屈，向她行禮道歉。即熙看著她默然無語，當織晴的臉越來越紅越來越緊張時，她伸手拍了拍織晴的肩膀。

「柏清訓了妳一頓吧？嗨，柏清這迂腐古板的性子怎麼一點兒沒變，長輩怎麼了？長輩就不犯錯嗎？小輩說說壞話也是正常的嘛！」即熙把一臉茫然的織晴拉過來坐在床邊的椅子上，順手給了她一把山楂果子。

織晴拿著果子，遲疑地打量著即熙。

「怎麼，覺得我沒安好心？」即熙拿了一顆果子吃。

織晴把頭搖成了撥浪鼓，她沉默一刻，說道：「我說師母是無賴，師母不生氣麼？」

……這種程度就生氣，那她被罵了這麼多年，早就氣背過去了。

「嘴長在妳身上，妳愛怎麼說怎麼說唄，我可管不過來。」頓了頓，她決定岔開話題，說道：「我聽說妳在星卿宮待了四年了，對這裡的現狀應該挺熟的吧，妳給我說說唄？」

這個話題顯然是織晴擅長的，很有可能是剛剛考過，她挺了挺腰板說：「星卿宮建宮千年之久，占有太昭山南麓。現有弟子三百人，星君三十六人，其中甲等主星星君七人，分別為天機、天梁、天同、巨門、武曲、貪狼、廉貞。宮主歷來是由紫微星君或者太陽星君擔任的，但是如今這兩星星位空懸。所以睢安師兄暫代宮主之位。」

即熙疑惑地脫口而出：「貪狼星君也在？」

她死前身上的兩重星命中，熒惑星命仍然跟隨著她，而貪狼星命已經消失，想來是被星命書收回了，而他們還沒有發現。

織晴皺皺眉頭道：「七年前貪狼星君突然離去，不知所蹤至今未歸，我都沒有見過她。」

言罷她偷偷靠近即熙，小聲說道：「我聽說貪狼星君最是桀驁不馴，剛來的時候把星卿宮鬧得天翻地覆，只有雎安師兄能管住她。雎安師兄親自教導她七年，可她得了貪狼星命沒多久就不辭而別，誰都不知道她去了哪裡。聽說那時候，雎安師兄挺傷心的，我還從沒見過雎安師兄傷心呢。」

即熙心情微妙地低頭掰手指。

「前幾天聽到柏清師兄跟思薇師姐說，什麼別告訴雎安師兄，怕他難過。也不知道是什麼事情。」織晴想起什麼，補充道。

這話在即熙腦子裡轉了一圈，品出了不同的意味來。她驀然想起中箭後墜下來時，彌留之際她眼前的畫面裡除了平靜的雎安，還有睜大了眼睛驚愕至極的柏清。

柏清為什麼那麼驚訝？簡直就像不知道她是禾枷似的。

即熙越想越覺得不太對勁。

難道思薇沒告訴他們她的身分？

不可能吧，思薇不是最討厭她了嗎？

說起來，思薇真是即熙冤家路窄的死對頭，她們從血緣裡就帶著互相看不慣的因子，那大概是來自她們性格為人截然相反的兩個父親，和同一個母親。

即熙對星卿宮最初的認識就是來自於她的母親，星卿宮的太陰星君。

雖然她母親剛生下她就跟她爹和離了，以至於即熙對母親沒啥印象。只記得小時候她爹一提起她娘就一頓猛誇，說什麼天仙下凡蕙質蘭心驚才絕豔，用盡了她爹知道的為數不多的成語。曾經有一段時間她爹專門看詩詞，就為了跟她形容她的母親。

所以長大後即熙也很能理解，為啥這個仙人一般的母親要和她爹和離遠走——大概是學識認知不在同個層次上沒法交流。其實她更疑惑的是她娘怎麼會看上她爹？

她爹支支吾吾，後來還是承認了當年她娘頭一次下山遊歷，涉世不深，他一見鍾情後隱瞞了自己熒惑災星的身分追求她。說實話她爹長得不錯，是野性放肆的英俊男子，涉世未深的她娘栽在她爹手裡，也情有可原。

結果他們私自成婚，即熙出生後沒多久她娘發現她爹的真實身分，憤而和離回了星卿宮。

這麼多年裡即熙她爹繼承了懸命樓，賺得盆滿缽滿，地下的寶庫新開闢了好幾個，欄杆房梁貼著金箔，就差用金磚玉石鋪地板了。然而她爹總是在雕欄畫棟中，紙醉金迷間惆悵地拉著她的手問：「妳說妳娘到底是氣我騙她呢？還是氣我是熒惑災星呢？」

即熙看著舞女姐姐們的翩翩舞姿，卻覺得這種糾結十分沒必要，聽說她娘早就再次婚嫁，嫁給了星卿宮宮主並育有一女。這次可謂是金童玉女，只可惜她娘生這個妹妹的時候難產去世。

按照刀疤徐叔叔的話說，你老婆嫁了別人如今又死了，是問也問不到找也找不回，你他娘的還管她幹什麼呢？

即熙把這話回給她爹，就被她爹猛拍腦袋，氣道：「妳一個七八歲的女娃，說話怎麼這麼粗俗！」

她爹盼著她能朝大家閨秀的方向發展，可惜懸命樓只有一堆朝廷通緝的逃犯，正經人誰也不敢來這個災星的地盤。所以即熙從小打架鬥毆坑蒙拐騙學了不少，大家閨秀是一點兒也不沾，而且對於她爹希望她大家閨秀這一點十分不滿。

她爹曾說他們家都是天生反骨，即熙也不例外。她十歲那年她爹成功把她的玩伴賀憶城騙去私塾讀書，正在她爹再接再厲準備把她也弄去時，即熙乾脆俐落地離家出走，跟著一個戲班子到處晃蕩。

她撒謊說自己是個孤兒，那戲班子的班主看她有一手偷東西的好本事，就把她留下來了。之後班主帶著戲班子到各地表演，即熙混在看戲的人群中偷荷包，可謂是神不知鬼不覺從未失手。錢到手一半給班主一半留著自己花，把各地的小吃美食吃了個遍。

開心地玩了幾個月，跑得離家越來越遠，即熙慢慢發現這個戲班子好像不太對勁。

雖然戲班子都會收很多小孩，為培養成以後的角兒做準備，但是班主一路上未免收了太多孩子。有的是買的，更多是無家可歸的孤兒，即熙眼看著好幾個根本沒有什麼唱戲的資質，班主也收留了供他們吃喝。

一個能慫恿小孩偷錢給自己的班主，能有這麼善良？

十歲的即熙都不相信，畢竟她從小到大的睡前故事是叔叔們的精彩騙局。

她旁敲側擊了一陣，但戲班子的人口風很緊，只說將來要培養這些孩子。這些被收留的孩子們一個個感恩戴德，即熙看著只覺得頭皮發麻，想讓刀疤叔叔、賴皮叔叔、血手叔叔挨個來給他們講講人心險惡。

不過即熙對自己的定位很清楚，她是個災星，按照祖上的傳統收錢咒人，不負責救人。她只是好奇心作祟，想看看這班主要幹什麼。

老話說的好，人好奇心不能太重，她留在戲班子裡撞上了冤家路窄的思薇。

思薇是在即熙到戲班子的四個月後來到戲班的，即熙剛剛從外面偷了幾個荷包回來，便看到一個乾淨樸素的小姑娘站在髒兮兮的孩子們中間，格外扎眼。那姑娘看了即熙手裡的荷包一眼，明白過來她是個小偷，眼裡帶著幾分鄙夷。

即熙跑去問唱旦角的姐姐，這新來的小姑娘是誰啊？姐姐說好像是富貴人家出身的小姑娘，剛剛八歲，和家人走散了無處可去，才流落到戲班子裡來的。

這種姑娘班主也收，這麼缺小孩？

思薇在一群髒兮兮又憨憨的孩子中聰明清高得出類拔萃，一看就是從小被保護得很好很有教養，正是即熙她爹想要她變成的大家閨秀。不過既然是大家閨秀肯定看不慣即熙這種邪路子，思薇從不拿正眼看即熙，聽到即熙和孩子們吹牛時總是冷嘲熱諷地說她是「無恥小偷」。

即熙對這種正經人家出身的孩子有著幾分憐憫，就像是野貓看流落街頭的家貓的憐憫，因此很少跟她一般見識。她小小年紀已經有了審美觀念，因為思薇長得好看便對思薇多了幾分寬容，除了親切地回覆她一句「看不慣就滾蛋」之外，並不針對她。

而且即熙隱約覺得思薇的到來沒那麼簡單，於是某天清晨，即熙在洗漱時遇到了思薇，見四下無人便直接開問：「這個戲班子真邪門，收了這麼多小孩，妳覺得呢？」

思薇很驚訝，但下一秒就是不屑：「知道不對勁妳還待在這裡，快跑吧。」

「妳不是也待在這裡？」

「我和妳能一樣嗎？」

「嘿呦喂，妳是多了兩個眼睛還是一個鼻子啊，怎麼就與眾不同了？」

思薇奇怪地瞄了她一眼，說道：「妳還會成語？」

「……」

「妳偷東西不是挺厲害嗎，去做妳的小偷吧，別礙眼。」思薇揚起下巴哼了一聲，轉頭就走了。

這是什麼大小姐脾氣？

誰還不是大小姐了！

原本即熙已經覺得無聊想走了，被思薇這麼一氣反而留了下來，和思薇大眼瞪小眼三天一小吵五天一大吵，把自己那「別和正經人家小孩一般見識」的想法完全丟到了九霄雲外。

這麼一路吵著，直到一個月後班主到了豫州，轉手把這幫收來的小孩賣了。買小孩的頭目是個絡腮胡的大漢，不知是什麼來頭，點了點人數也不還價，痛快地給了班主很大一筆錢。即熙、思薇他們就被送上了大漢的馬車，不知道要去往哪裡。

這時候即熙越發覺得事情不對勁，打起了退堂鼓。她問思薇道：「妳留下來幹嘛呢？」

思薇到底是個孩子，也顯露出幾分緊張，但在即熙面前還是強裝鎮靜：「我要救你們。」

「救我們？憑妳？」即熙打量著思薇的細胳膊細腿，覺得她能不能打得過自己尚且是個未知數。

思薇瞪了即熙一眼，小聲道：「還有別人，我就是……來探路。」

即熙又和思薇說了幾句，總算搞明白思薇來自一個修仙門派，察覺到最近有大量的孩童被販賣到此處，所以混進來調查。不過即熙覺得這門派能讓思薇來探路，實在是太不靠譜了。當她提出這個質疑時思薇氣鼓鼓地反擊：「是我自己偷偷來……」

話沒說完就止了，懊悔地瞪著即熙。

即熙心想，得了，不靠譜的是這個思薇。她們不知道要被弄到什麼地方去，豈不是凶多吉少。

她當即決定跑路，思薇卻不肯，皺著小臉義正辭嚴地說他們就是要救蒼生於水火。話音剛落就被馬車裡其他孩子的哭聲驚得直皺眉頭。

……這姑娘根本就不喜歡蒼生，還要搭上自己的安危來救，這實在是吃多了撐的。

即熙正欲翻窗逃跑，卻見到思薇似乎是因為緊張，手心裡緊緊攥著什麼，偶爾鬆開間有金光閃過。即熙愣了愣然後撲上去凶狠地拉開思薇握拳的手，就看見一支小巧的金鎖，做工很精緻，還署了工匠的名字。

正巧，她也有一個一模一樣的金鎖。

思薇不明所以地收回手大罵即熙，以為即熙要偷她的金鎖，氣得眼睛都圓了三分。而即熙只是抬頭狠狠地盯著思薇，問道：「妳是星卿宮的人？」

思薇愣住了，反問即熙怎麼知道的。

即熙搖搖手表示她不想說話，腦子裡一片混亂地靠在馬車壁上。暗暗拍了拍胸口那個一模一樣的金鎖，她母親留給她為數不多的東西。

這個清高的大小姐思薇，居然是她妹妹。

活在她聽過的各種傳聞裡的，同母異父的妹妹。

她小小的腦袋無法處理這突如其來的變故，費勁地想了半天是說還是不說，這要怎麼辦，想著想著就失去了逃跑的時機。眼見著到達目的地思薇義無反顧地下車了，即熙咬牙也跟著下車，然後傻眼了。

她們身處一座大山之中，眼前是龐大又看不見盡頭的黑黢黢的山洞，四周有大量士兵手持武器嚴密地守衛在此，這幫從各處彙集來的幾十個孩子就如同一群小綿羊，暴露在狼群環伺中。

而且這些士兵的神情很奇怪，眼睛紅紅的木木的，有種野獸般的狂熱。就像被主人牽好繩子的惡犬。

太邪性了，即熙打了個哆嗦，這個地方煞氣好重。

第二章　招魔

裕德十五年，太平了許多年的世道突生變故，豫州囤兵叛亂聲勢浩大，戰無不勝。叛軍士兵個個以一敵百，不計生死，如猛虎下山般無人能擋。

但只要是個人怎麼可能「不計生死」，其中肯定有貓膩。即熙她爹打著酒嗝跟她聊到這件事，當時即熙完全沒放在心上，豫州哪裡比得上她手裡的肘子香？

走在黑黢黢的山洞裡，即熙後知後覺地醒悟，她是不是撞進這貓膩裡了？

士兵們沉默地舉著火把站在他們周圍，前行的過程中許多小孩害怕得哭出來不肯走，那些士兵恍若未聞，跟拖牲口一樣拽著他們的領子往前拖，也不管小孩被勒得面色青白，被磨破了皮膚手掌。士兵一個人拖四五個也不費勁，著實力大無窮。

即熙暗自看著周圍這詭異的氣氛，心裡盤算著憑她這微薄的咒力能咒死幾個士兵，如果她把思薇打暈了拖著一起走可不可行。

算來算去她一個人跑倒是可以，但帶著思薇這個拖油瓶肯定不行，就算思薇此時此刻幡然悔悟願意跟她逃也晚了。

即熙看著越來越遠的洞口，再回頭看身邊緊張已經溢於言表的思薇，咬牙道：「妳確定你們的人會來救我們對吧？」

思薇點點頭，逞強道：「怕了妳就走，我是……」

她話音未落，即熙他們一行走到了路的盡頭，一個巨大的溶洞赫然呈現在眼前。黑暗潮濕的洞壁上掛著火把，溶洞中間有一個形狀奇怪的高臺，雖然距離遙遠也能聞到厚重的血腥味，從縫隙裡往下滲著黏稠的液體，不知道是血還是什麼東西。

地上從他們腳下開始一路到高臺，都是兒童的森森骸骨。

血池屍林不過如此吧。

思薇嚇傻了，後面的話沒能說出來。自詡為見過大世面的即熙都愣得不敢說話，忍不住發起抖來。

前面還有數十個孩子被繩索綁在一起，被士兵沿著石階往高臺上趕，高臺中央的黑暗裡時不時傳來尖利的叫聲，而煞氣則源源不斷地從高臺上彙聚到周圍士兵的身體裡。

親娘哎老天爺哎祖宗哎這是怎麼回事啊！

即熙也不管那麼多了，看見士兵準備來捆他們，大喊一聲：「快逃啊！」然後拉著思薇的手飛快地跑，她一語驚醒夢中人，孩子們原本嚇得動都不敢動，此刻慌了神橫衝直撞。因為大家四散奔逃士兵們無法立即合圍，即熙帶著思薇見縫插針地到處躥。思薇小臉煞白，勉勉強強跟著即熙，已經六神無主了。

但是這些士兵本就生得魁梧，又有煞氣加成個個力大無窮，很快就抓住了不那麼敏捷的思薇高高拎起來，即熙也被拎起來抓住。即熙看見思薇顫巍巍的眼睛立刻火冒三丈地掙扎著，嚷嚷著要他們把思薇放下來。

她明明從沒做過姊姊，在懸命樓是被疼愛的老么，面對這個討人嫌的便宜妹妹卻生出無限的責任感。

正在即熙搜腸刮肚地回憶爹教她的惡咒時，士兵的胸口突然破出一寸劍尖。那劍如同冰一般透明，裡面有細密的紅色脈絡。

即熙和思薇跌坐在地，怔忡之間看見士兵魁梧的身體倒了下去，露出他身後站著的黑袍身影。

尖銳的鳥叫劃破血腥和騷亂傳來，一隻巨大的銀灰色矛隼落在黑袍者的肩頭，正是「萬鷹之神」海東青。黑袍者似乎輕微嘆息一聲，解開黑袍露出裡面一襲白衣，他身長玉立氣質卓絕，銀色線條自右邊額角蔓延到眼下。

少年一身雪白地站在煞氣和黑暗裡，手中透明的長劍裡湧動著千絲萬縷殷紅的細脈，如同被冰封的心臟。

思薇怯生生地喊了一句：「睢安師兄。」

原來他叫睢安。

睢安伸手把她和思薇從地上拉起來。即熙面對這短短人生中見過最好看的人，極少見地表現出拘謹和無措，握著睢安的手都忘記放下來。

「阿海，你照顧她們。」

少年睢安只是輕輕拍拍即熙和思薇的頭，便抽回手轉身而去。那隻海東青似乎有些不滿，嗚叫了幾聲還是不情不願地落在她們身邊。

即熙仰著頭看著這個少年提劍一路朝高臺奔去，所過之處煞氣畏懼似的紛紛避開。

周圍的士兵們彷彿受到某種感召，不管孩子們了扭頭一齊湧向少年，烏泱烏泱如同鬼魅。即便被睢安的劍斬斷臂膀鮮血噴湧，他們的腿腳也一刻不停，彷彿無法感覺到疼似的，面無表情眼底是野獸一般的狂熱。

即熙看呆了，這些士兵他娘的還是人嗎？

睢安快奔到高臺時，終於有個正常的人出現在睢安面前。那是個四十多歲的中年男人，穿著一身黑衣幾乎融進黑漆漆的環境中，長相雖然不錯但是神情陰鷙，他立於石階之上譏誚地說：「不周劍、海東青、額上星圖，你果然……」

不等男人諷刺完，睢安略一側身繞過男人，白色衣衫掃過男人肩膀頭也不回地向前，快速奔跑的腳步沒有絲毫減慢。

「抱歉，借過。」

即熙和男人同時露出懷疑自己耳朵的表情。

男人氣急地轉過身去追睢安，一邊調動那些著了魔似的士兵圍攻阻攔睢安，睢安身姿輕盈劍光如電，流暢地殺出一條血路，手裡的不周劍飲血越多越是鮮豔興奮，煞氣不再湧向士兵們反而大量湧入劍中。

男人終於扯住睢安的袖子吼道：「你這乳臭未乾的小兔崽子囂張個什麼勁！」

睢安一個旋身乾脆地斬斷被男人抓住的衣袖，一邊皺眉道：「你先稍等。」

「……」

即熙心說都這時候了你還講什麼禮貌！

睢安幾步踏上高臺，眼神飛快地掃視一圈之後抬手將劍插入高臺中央，注入劍中的煞氣迸發而出將高臺生生劈成四瓣，震耳欲聾的轟鳴聲過後煞氣快速散去，被睢安所傷的士兵們如夢初醒般發出哀號。

睢安轉身揮劍指向追在身後的男人，劍尖差一寸便可達他的咽喉，淡淡說道：「現在可以了，請講。」

「……」

即熙看著那男人原本陰鷙的面部變得愈發扭曲，深感他要被睢安氣死。男人站在搖搖欲墜的石階上，色厲內荏道：「修士仙家從不管朝廷之事，星卿宮插手算怎麼回事？」

「以童男童女為祭，聚煞氣養魔，招魔入體乃仙門禁術。修士仙家不管朝廷，但要管你。」

「你真以為你一個人能全身而退？」

「眾仙家已經在外布好陣局，我只是來毀招魔臺的。」

男人面色青黑，知道大勢已去，他沉默了一瞬然後破釜沉舟道：「你以為你天機星君天下無敵嗎？我可是懸命樓麾下，你敢動我禾枷饒不了你！他咒殺你就像捏死螞蟻一樣簡單！」

本來即熙正興致勃勃看戲，一聽此言氣得叉腰：「放你娘的屁！」

這誰啊平白無故的要做她叔叔？

懸命樓裡別說長得好看的人了，長得好看的鳥兒她都能叫上名字來，這人長得怎麼說都比刀疤叔叔、血手叔叔周正十幾倍，她要是見過這人能沒一點兒印象？

再說了咒殺哪有他說的這麼簡單！咒殺星君搞不好要折十年壽！她爹開開心心收錢咒人都是一錘子買賣，整這又髒又累又噁心的事情幹啥？啥屎盆子都往她爹頭上扣！

「想來禾枷並非傻子。」睢安對於男人的威脅無動於衷，笑著搖搖頭：「我也不是。」

即熙的怒火微微平息，對睢安的回應深以為然。

遠處傳來人聲，即熙轉頭看去便見許多衣袂飄飄的修士奔進來，將那些剛失了煞氣痛苦不堪的士兵控制住。幾個頗有威儀的長者飛落在睢安身邊說了什麼，向他行禮道謝。睢安收劍回禮，將這個男人交給長者們，便拾級而下走回即熙和思薇身邊。

即熙抬頭仰望他，看見睢安向她行禮，然後蹲下來直視她的眼睛，笑道：「多謝姑娘保護在下的師妹。」

即熙第一次被人稱作「姑娘」而不是丫頭、女娃、小兔崽子，她突然沒了伶牙俐齒，只能勉強故作高深道：「這……這點小事，無……無足掛齒。」

睢安笑笑，轉頭看向思薇，語氣稍微沉了一些：「妳怎麼會來這裡，不是讓妳跟柏清先回宮嗎？」

思薇低頭小聲說：「我……我就是想幫忙。」

「等妳修為精進之後自然可以幫忙，不急在這一時。量力而行，妳可明白？」他的語氣依然溫和，不過神情很嚴肅。

「明白……」思薇的頭更低了。

即熙瞪大了眼睛看著旁邊這個大小姐，哎呦天啊這小丫頭還有這麼乖順的時候呢？

睢安再轉頭看向即熙，目光微變。

即熙順著他的目光低頭，看見她脖子上戴著的金鎖不知道什麼時候露出了衣襟之外。她心中大驚趕緊把金鎖揣進懷裡。

「小姑娘，妳為何如此拚命救思薇呢？」

「放屁，我才沒拚命救她！」即熙立刻暴露本性。

思薇聽到她說粗話又皺起了眉頭，然而睢安只是平靜地望著即熙的眼睛，說道：「妳的母親是星卿宮太陰星君麼？」

「不是！」即熙此地無銀三百兩地否認。

那時候的她還不知道她和她母親長得跟同個模子裡印出來似的，看一眼就全明白了。

睢安看著氣鼓鼓的即熙，為這個小姑娘孩子氣的舉動笑起來。他的眼睛瑩瑩發亮，彎成好看的弧度。

「妳的金鎖是太陰星君做的，她是妳母親，妳知道的吧？」

思薇呆立半晌，看看即熙再看看雎安，然後紅著眼睛鬧起來。她說那個金鎖一定是即熙偷的，這個小偷不可能是她的姊姊。

那一臉義憤填膺，受了奇恥大辱似的。即熙看著這個便宜妹妹，覺得自己大概是腦子壞了才想救這個白眼狼。她不耐煩地說：「是是是，我偷的，我不是妳姊，沒事了吧我走了噢。」

「妳人走就走，把我母親的金鎖留下！」

見思薇要來搶金鎖，即熙反手就給了思薇一巴掌，氣道：「我去妳媽……妳大爺的！敢搶我金鎖我跟妳拚命！」

思薇捂著被打紅的臉，卻罕見的沒有還嘴也沒有還手，而是癟了癟嘴哭了出來，哭得那叫一個撕心裂肺，旁邊整理現場的修士們頻頻側目。

即熙有些沒趣地撓撓頭，她那一巴掌也沒多重吧？思薇用得著這麼傷心麼？

在之後思薇和即熙針鋒相對誰也不饒誰的歲月裡，即熙一直沒告訴思薇那天知道她是自己妹妹時，她其實是很開心的。

令人慶幸的是，太陰星君回到星卿宮後只說自己結了婚又和離，並育有一女。至於她前夫的姓名身分則是隻字不提，而太陰星君已經去世，現在星卿宮更沒有人知道即熙的父親是誰了。

當雎安問到這個問題時，即熙選擇裝傻，就說她是孤兒父親已經去世了，去世得太早她什麼都不記得。

她爹曾經交代過她：見到星卿宮的人扭頭就逃，逃不了的話千萬別讓他們發現妳娘的身分，被發現了的話千萬別說妳爹是誰。

顯然她長驅直入鎖定了最壞的一種情況，然後回頭再次選擇了第一種應對方式——逃跑。

睢安要幫那些修士們在山洞裡做什麼符咒淨化此地的煞氣。他也是奇怪，只要杵在那裡煞氣紛紛退避三舍，彷彿自己就是一道符似的。

即熙趁睢安做符而思薇沒注意的時候，混在倖存的孩子們之間偷偷跑了。

重見天日後熾烈陽光照在即熙身上，她慢慢放鬆下來，回頭看著大山和黑黝黝的洞口，覺得遇到思薇和睢安像是夢似的。

一個脾氣大的妹妹，和一個神仙般的小哥哥。

玩夠了該回家了，想到以後再也不會見到他們，即熙下山時小小的心臟裡還有幾分少見的惆悵。

事實證明她這難得一見的惆悵十分沒必要，因為四天後她再次遇到了睢安。

當時她正在荒野裡生火烤一隻拔了毛的麻雀，火光跳躍中一雙白色的靴子出現在她眼底，她一個機靈抬頭看去。

十六歲的少年戴著一個四分之一臉的面具，正好遮住他右額的星圖。他彎著腰低頭看她，笑著說：「打擾了，即熙姑娘。」

即熙噌得一下站起來，戒備地看著雎安，大聲道：「你……你要幹嘛！」

「在下來討自己的荷包。」雎安蹲下來正好與即熙平視。

……被發現了。

她走的時候順走了雎安的荷包，裡面有不少銀子，不過這幾天她吃吃住住都花光了。不然也不會在這荒原裡烤鳥兒吃啊！

即熙清了清嗓子，小聲嘟囔道：「什麼嘛真小氣，星卿宮那麼有錢還在乎這一點……」

她看了看仍然含笑注視著她的雎安，掏了掏自己空空如也的兜，索性一指那烤鳥兒：「我就剩這個了，賠給你！你愛要不要！」

雎安沒忍住笑出聲來，他微微側過頭扶著額頭，笑得肩膀打顫。

「笑你大爺的笑！我跟你說我烤鳥兒是一絕，你花錢都買不著！」

「哈哈哈哈哈……」

「你再笑，你再笑我……」

「即熙姑娘，跟我回星卿宮吧。」雎安終於止住了笑聲，抬眼看向即熙。

他說得誠懇又溫柔，彷彿眼前這個比自己小六歲的孩子是個值得尊重的，和自己平起平坐的同輩似的。

即熙愣了愣，然後抱著胳膊哼了一聲。她往雎安身後看了看，發現沒有看見思薇的身影。雎安心神領會道：「我讓師兄先帶思薇回去了。」

「你要我去星卿宮，思薇能願意？」

「思薇只是嘴倔心卻不壞，妳不像是會因為害怕思薇而不去星卿宮的人。」

「我當然不怕她……不不不，我憑什麼去星卿宮！我覺得現在這樣特別好，你們別來煩我。」

「回星卿宮的話妳不偷錢，也可以天天吃好吃的。」雎安哄她道。

即熙不屑地轉過臉去：「就好吃的？你以為我這麼好打發嗎？」

雎安笑起來，眼睛彎成月牙的形狀：「那妳還喜歡什麼？」

她喜歡的東西可多了，即熙揚起下巴：「我是個俗人，喜歡好吃的好喝的好看的，喜歡錢，喜歡金光閃閃的東西，尤其是別人口袋裡的。」

她爹都嫌棄她，她自以為星卿宮這樣的地方，應該更看不起她這樣粗鄙的人。

雎安卻沒有如她所料那般露出輕蔑的神情，他只是想了想，然後右手舉起繞到腦後解開面具的細繩，左手托著面具將其摘下，露出他額角至眼睛的星圖。

然後他一撩衣擺盤腿坐在即熙面前，向她伸出手：「那妳要不要來看看我的口袋？」

即熙警惕地看著雎安的手，那雙手白皙纖長骨節分明，因為常年握劍而有了薄繭。

那雙手彎了彎：「妳怕我嗎？」

「噈！」即熙握住睢安的手。

睢安笑起來，一陣風吹滅了火堆，沉鬱的黑暗籠罩而來，在黑暗中他閉上眼睛。光芒從額角的紋路開始亮起，像是燃燒的引信一般蔓延至他的眼皮和面頰，充盈了整片星圖，瑩瑩光亮如同刀刃劃開夜幕。

即熙怔怔地看著他被微光照亮的臉頰，眉骨和鼻骨。

不敢高聲語，恐驚天上人。

似乎有風吹來，雲破月出，星河爛漫與睢安額上的星圖交相輝映。即熙只覺得突然之間他們急速升入星空，眨眼間就置身於一片浩瀚金光裡，舉目所見頭頂腳下都是瑩瑩發亮的星星，如同站在沒有盡頭的空間中無邊無際的銀河裡。

彷彿時間停滯，而璀璨永恆。

「這是妳喜歡的嗎？」

和她一起佇立於星海中的睢安睜開眼睛，少年的眼睛裡映著萬千明滅，彷彿身披千古之間隕落的星辰。

即熙已經看呆了，只能點頭道：「喜……喜歡……」

睢安笑起來，他環顧一下四周，指向遠方：「那是我的命星所在。」

即熙順著他的手指看過去，就看到星河遠處依稀有幾顆距離近的星星，若將它們彼此連線就和睢安額上的星圖別無二致，他指著的是其中第三顆星星。

她想起那個黑衣男對睢安的稱呼，便說道：「天機星。」

「是。」

「天機星是幹什麼的？」

「主善。」

「善？怎麼主善？」

睢安笑了笑，解釋道：「長以此身，鎮天下心魔。」

長以此身鎮天下心魔。

即熙原本最討厭這些文縐縐的話，不知為何這句話卻被她牢牢記住，在日後的歲月裡她目睹睢安的每一次試煉中，被她反反覆覆想起。

當時她只是疑惑何為心魔，睢安就把他身後那把奇特的劍拔出來遞給即熙，說：「妳摸一下試試。」

近距離看到那把劍，透明的劍身裡纖細的紅色脈絡湧動著，果然如同一顆跳動的心臟。

即熙試探著伸出手，慢慢移過去放在劍身上，皮膚相觸的一瞬間灼熱的氣息如閃電一般直達心底。她恍惚間看見劍光大盛，無數嘈雜的聲音慫恿著她，她忽然覺得很煩躁，所有氣憤的往事紛至還來，猙獰扭曲著無法控制地翻湧到高峰。

她動了殺意。

即熙意識到這一點時嚇得趕緊收回手，驚魂未定地看著雎安。她像是剛從一場狂躁的夢裡醒來，大口喘著氣。

「不周風居西北，主殺生。不周劍是上古凶劍，以前常作祟殺人，戾氣可挑起心魔。」

即熙後退兩步，狐疑道：「那你怎麼沒事？」

雎安笑了笑，把劍插回劍鞘，淡然道：「一物降一物，它在我手裡就只是一把鋒利的劍罷了。」

即熙突然想起當時雎安孤身一人來毀招魔臺，他走到哪裡煞氣都退避三舍不敢近他的身。她爹曾說修仙者比一般人還要忌諱煞氣，若不防被侵入很容易走火入魔，可他完全不怕。

合著這個人真的是一道活符咒啊。

即熙正腹誹著，眨眼間發現自己又回到荒原上，剛剛的璀璨星海消失得如同幻覺。雎安戴上面具，向她伸出手：「在星卿宮妳若受封成星君，便能隨時看見這星海。和我一起回星卿宮，如何？」

剛剛那星海著實動搖了即熙的心，她想著混過去玩一玩，趁他們不注意再跑回懸命樓，這感覺也不錯。

於是她抱著胳膊，「勉為其難」地點點頭：「行吧，那我去玩一陣。」

這番拿腔拿調的話雎安聽了也不生氣，只是輕輕拍了拍即熙的頭。

「好啊。」他笑著說。

一聲嘶鳴劃破夜空，即熙曾見過的那隻巨大的海東青停在雎安肩頭，抬著牠的鳥頭看了旁邊的烤鳥一眼，再一臉不屑地看著即熙。

「介紹一下，這是阿海。」

即熙看著這隻油光水滑的帥氣矛隼，由衷地羨慕，說道：「海哥！」

「……」

海東青像是看傻子一樣看著即熙。

迫於海哥的威壓，即熙放棄了她烤得正好的麻雀。作為補償雎安在下一個鎮子上點了一桌好吃的給她。

她牽著這個小哥哥的手在路上走著，他的手很大很溫暖，步子跟著她的腳步放慢。即熙抬頭看向雎安，他似有感召低頭回應了她的目光，淺淺一笑。

如果不是他，換任何人肩上站著一隻海東青拿著一把凶劍，血海之中手刃百餘人，看上去肯定張牙舞爪不像個善類。但是雎安做這些事情，仍然讓人覺得安心。

即熙漫無邊際地想著，她以前從來沒見過這樣的善人。懸命樓旁邊的鎮子上有個落魄老僧人，化緣為生手無縛雞之力，偏偏善心氾濫什麼都要管。她不知道見過多少次他去勸架，規勸惡人或替人出頭結果被打得頭破血流，可下次他還是照樣。

在她心裡，所謂善良就是這種愚蠢又軟弱的人，為了獲得一點高高在上的成就感而欺騙自己的藉口。

原來善良也可以長出獠牙，與凶狠相生卻不減溫柔。

那時十歲的即熙眼裡，善良終於變成了一件稍微值得稱讚的東西。

白駒過隙，如今二十四歲的即熙回想起在星卿宮裡的事情，只覺得恍如隔世。待織晴走後，即熙拄著拐一瘸一拐地準備去找思薇好好聊聊。

一年前她偶然遇到思薇被撞破了身分，思薇逮著她一頓窮追猛打恨不能殺她而後快，她好不容易才甩掉思薇。即熙琢磨著思薇肯定會告訴睢安和柏清，於是忐忑不安地等他們來找自己算帳——果然等來了，雖然理由好像不太對。

現在看情況思薇有可能沒告訴大家她是禾枷。

思薇已經是巨門星君，即熙很快就找到了思薇住的「昭陽堂」，堂外種了一片淺粉色薔薇花，思薇對薔薇的熱愛是一點兒也沒變。

即熙探了探門，門上有封門符打不開，思薇應該是出去了。她倚著拐杖漫不經心地看這扇朱紅色的門，心想這丫頭現在一個人住，這封門的習慣倒是改不掉了。

她剛進星卿宮時被安排和思薇合住，那可真是雞飛狗跳。思薇討厭她於是天天和她針鋒相對，想把她逼走。每次出門時，思薇都換不同的封門符把院子封死，讓即熙打不開門回不了房間。

即熙當然不會哭哭啼啼地去找宮主或者兩位掌事師兄告狀，她很快學會了解符每天和思薇見招拆招，思薇設的符咒總能被她破了。每次看見思薇青白交加的臉色，即熙都覺得十分快意以至於放下了揍這個妹妹一頓的念頭。

後來因為她無法無天上課睡覺打架鬥毆考試作弊，被勒令搬到雎安隔壁，由這個唯一能管住她的師兄看著，一看就是七年。

即熙跟賀憶城講她在星卿宮的經歷時，賀憶城拍著她的肩膀露出由衷同情的神色，說道：「天機星君給妳當了七年爹，實在是嘔心瀝血殊為不易。」

即熙一邊漫無邊際地回想著，一邊用手指戳著門上的符咒，下意識逆著符咒的氣脈比劃著，劃來劃去片刻後符咒發出「叮」的一聲繼而消散了。

它散了！

即熙驚得去抓消散的符咒，然而只是徒勞。

不是吧，這就解開了？這麼多年思薇的封門符怎麼沒長進啊！

破修士的封門咒等同於踹門而入，但是破都破了，她要是說自己沒進去思薇肯定不信。

即熙略一思忖，拄著拐乾站著等也堅持不住，索性大大咧咧地推門進去了。只見不大不小的院子裡種了薔薇花，淺粉淺白一片，即熙拄著拐在石子路上一歪一斜地走著，拐杖滑來滑去，正在她努力保持平衡時身後傳來一聲怒喝。

「誰如此無禮！」

一道白色身影迅速而來眨眼之間站在即熙和房門之間，二十出頭的女子綁了根粉紫色的髮帶，頸間隱約有銀色的北斗星圖。她雙瞳剪水杏眼圓睜，膚色粉白，彷彿院子裡的粉白薔薇活過來似的。

嗨，思薇這丫頭，一年一年長得越來越漂亮了，也不知道將來會便宜誰。

即熙扶著拐杖，拿起長輩的架子：「自然是妳的後母來看望一下妳。」

思薇瞇起眼睛咬著後槽牙，冷笑道：「入了星卿宮便拋卻姓氏，與父母親人斷絕關係，只有天地師友，後母是什麼？」

「這可是妳說的，天地師友——那我是妳師母對吧？妳見了師母，連招呼都不打嗎？」即熙揚起下巴，微微一笑。

思薇嘴角顫抖了半天，還是咬咬牙低頭行禮：「見過師母。」

即熙表面上風平浪靜，心裡卻樂開了花。

「好了，我不與妳計較這些。」

重活一次她的輩分青雲直上，思薇從來都沒有叫過她姊姊，現在卻乖乖低頭叫她師母，這真讓人神清氣爽。

「我是來……」

即熙往前走正欲表明來意，拐杖在石子路上一滑，她的身體劃出一道優美的線條頭朝下啪嘰摔在地上，熱熱的液體順著她的鼻孔留下來。

「……」

一片靜默中，即熙覺得自己很對不起蘇寄汐這張天人之姿的臉。

因為她的摔倒流鼻血，思薇終於打開房門把她扶進房間休息了——雖然有點不情願。

即熙腹誹道妳這麼不情願，搞得像屋子裡藏了男人似的。

她坐在梨花木的椅子上喝了思薇泡給她的菊花茶，一邊拿手絹摁著鼻子一邊說：「我有個事情想問妳。」

思薇坐在她對面托著茶杯吹氣，冷冷道：「妳說，說完趕緊走。」

嘿呦喂，這傲慢的勁兒不減當年。思薇一向在師兄們和宮主面前乖順，但在即熙和師弟師妹面前驕傲無禮，妥妥的大小姐脾氣。

「禾枷就是貪狼星君即熙對吧？」

「咳咳咳……」思薇嗆得直咳嗽。她抬起眼睛看著即熙，怒道：「妳……妳胡說什麼！」

「我可沒有胡說。」即熙邊說著邊在心裡過了剛剛編好的胡話一遍，悠然開口。

「星卿宮的弟子滿十八歲還未受封星君的就要退籍離宮，如今宮裡的弟子換了好幾代，此次參與討伐的人裡認識即熙的只有妳、柏清和睢安。妳以為只要你們不說便沒有人會知道，事實卻不然。有一位曾與即熙一同修習，後來離宮的弟子恰好與我熟識，他參與討伐認出禾枷就是即熙，告訴了我。」

即熙以她多年坑蒙拐騙的經歷一本正經地胡編濫造，臉不紅心不跳面帶微笑。

思薇的瞳孔收縮，放在桌上的手默默捏成拳頭，瞪著即熙說道：「妳想幹什麼？」

即熙微微一笑，靠著椅子的後背托著茶杯吹氣，冷冷道：「妳說呢？不就是傲慢麼，誰不會啊。」

思薇目光閃爍地看了即熙半天，即熙吊足了她的胃口，才故作高深地開始扣帽子：「你們星卿宮參與討伐禾枷，原來是想要趕緊清理師門，維護你們的好名聲啊。」

「妳休要隨意汙蔑！師兄們參與討伐時根本不知道禾枷就是即熙！」思薇氣憤反駁。

即熙看著思薇流露出憤怒的眼睛，沉下聲音道：「那妳呢？」

思薇的目光閃躲一瞬，她說：「我自然也是一樣的。」

思薇撒謊和說實話時的狀態差別太大了，一眼就能看出來。

思薇沒告訴睢安和柏清她就是禾枷。

即熙驀然鬆了一口氣。

睢安殺她時乾脆俐落又平靜，那不是因為厭惡或憎恨她，他只是不知道那個人是她罷了。

這真是太好了。

思薇小心地觀察著即熙的表情，整個人像攻擊前渾身緊繃的貓。即熙卻心情大好地放下茶杯，說道：「妳放心，這事兒我已經囑咐過那位朋友不要聲張，我也會守口如瓶。來跟妳說這件事兒呢就是跟妳交個心，畢竟咱們關係特殊，我也沒真想做妳後母，咱們維持表面和平就行。」

面對態度陡然大變的即熙，思薇怔了怔，滿臉懷疑地看著她。即熙笑著拍拍手，拎起旁邊的拐杖對思薇揮揮手道：「妳不用送了。」

走了兩步她想起什麼，回頭貼心地囑咐道：「妳這封門符也太弱了，功力不行得好好練啊。」

這個莫名其妙出現，捅出驚天祕密的女人以不熟練的姿勢住著拐杖，哼著小曲漸漸消失，思薇看著她的背影錯愕地喃喃道：「……這個人是怎麼回事？」

蘇家的大小姐居然是這般奇怪的女子？

即熙走後思薇立刻起身走到院門口把院門關上，回到房間關上房門後又加了一道封門符，然後慢慢轉過身去看著她房間裡那個梨花木的大衣櫃。

思薇靜默無聲地看著衣櫃許久，然後緩緩抬起手解了衣櫃上的封門符，衣櫃吱呀呀地打開，露出裡面躺著的面色蒼白的紅衣男人。

他長了一張精緻俊秀的臉龐，即便是躺在那裡不言不語，都流露出幾分風流和邪氣。奇怪的是他渾身上下不見傷口卻呼吸微弱。

思薇搭上他的脈搏，還是一樣孱弱。她皺皺眉頭，喃喃道：「這到底是什麼毛病？」而後頭疼地揉著太陽穴，氣道：「我幹嘛給自己找這麼個麻煩！」

另一邊的即熙正十分開心地哼著小曲走回自己房間，她熟練地穿過亭臺樓閣，連拐杖都使得比以前順手了。

她住的房間是宮主的紫薇室，旁邊就是睢安的析木堂。即熙目不斜視地走過析木堂，見四下無人又偷偷退回去，析木堂的院門是打開的，院子裡正有一隻渾身銀白的大狼躺在地上曬太陽。

金色的陽光下牠身上的絨毛彷彿泛著光似的，在風裡輕輕搖曳，看起來愜意極了。

即熙愣了愣，然後激動地喊道：「冰糖！」

這隻威風凜凜的大狼聽了這呼喚一個激靈蹦起來，四下張望和即熙對上了眼睛。牠愣了愣，然後喜笑顏開嗷嗚嗷嗚叫著朝即熙飛撲而來。

即熙哪裡受得住這麼大一隻狼的飛撲，再一次倒地——還好這次是仰面的。冰糖開心地舔著她，尾巴搖成了一朵花。

即熙順著牠的毛，感慨萬千，沒想到星卿宮第一個認出她來的居然是冰糖——她十二歲時撿回星卿宮養的狼。

即熙心情複雜地看著冰糖搖成一朵花的尾巴，這種搖法對於狼尾巴來說實屬不易，她一頭威猛的雪狼怎麼被養成了狗。

其實冰糖是個漢子，從小被叫冰糖習慣的牠，並不知道這是一個很娘的名字。

第三章　冰糖

冰糖嗷嗚了好幾聲，即熙當上貪狼星君後給牠授過靈識，所以牠能跟即熙交流，就像阿海和雎安一樣。

那嗷嗚幾聲是在問她這些年去哪裡了。

這個問題說來話長了，即熙拍拍冰糖的背讓牠起來。牠乖順地收了爪子正襟危坐，尾巴仍然搖得像花兒似的。

即熙盤腿坐在地上和牠一般高，撐著下巴思考了一陣然後決定老老實實跟冰糖坦白。

「冰糖啊，其實我是個細作來著的。」

「嗷嗚？」

即熙撿著重要的把自己混進星卿宮求學七年然後溜回家，最近不幸死去又萬幸死而復生的事情告訴了冰糖。冰糖一開始很驚訝又困惑，在聽到即熙說當年她怕暴露身分不敢把牠帶回家時，露出一口白森森的獠牙「啪」一爪子又把她摁在地上。

「嗷嗷嗚！」

即熙陪著笑求饒：「糖少俠，你冷靜啊。」

冰糖磨著牙，喉嚨裡發出咕嚕咕嚕的聲音。

即熙眼珠轉了轉，舉手正色道：「你看這樣，我去參加星卿宮大考，爭取進封星禮把貪狼星命拿回來，然後順理成章要回你好不好？」

「嗷嗚？」

「我保證，我沒騙你，我不會丟下你。」

聽到即熙說出「不會丟下你」時，冰糖的眼睛含著淚，委屈巴巴地低頭想要舔她。

「冰糖！住手！」

一聲怒喝響起，冰糖和即熙同時轉頭，即熙躺在地上橫著的視野裡出現了浩浩蕩蕩一行人。

柏清、雎安、思薇、武曲星奉涯、天同星七羽。除了外出未歸的廉貞星君和「失蹤」多年的貪狼星君之外，星卿宮的甲級主星星君都在此了，後面還跟著許多次級星君。

這是有什麼事，居然如此興師動眾？

紅鸞星君夢湘驚道：「師母，妳受傷了！」

即熙感受到從鼻孔緩緩流下的熱血，應該是剛剛在思薇院子裡摔的傷還沒好。目前這情況她倒在地上，冰糖爪子拍在她身上，她鼻子流血，剛剛冰糖還朝她張開了嘴……

這是畫面實在太容易讓人誤會了。

冰糖立刻把爪子收了回去，幾個弟子跑過來把即熙扶起來，即熙再次掏出手絹捂住鼻子，說道：「沒事沒事，這鼻血是我自己磕出來的。」

之前出聲制止冰糖的柏清顯然不相信即熙的話，他面色嚴峻地瞪了冰糖一眼，等著雎安教訓冰糖。畢竟冰糖和牠的主人一個樣，只聽雎安的話。

冰糖齜牙，委屈巴巴。

睢安走過來彎腰摸了摸冰糖的頭，笑起來說道：「冰糖是貪狼星君的靈獸，平日裡性子烈確實常與人爭鬥。不過這一次不同，牠是喜歡您才這樣的。可能表達喜歡的方式太過熱烈，您受傷了麼？」

「沒有我沒事，這方式我覺得剛剛好，很招人喜歡。」即熙忙不迭地說著，發出濃重的鼻音：「你可千萬別責罰牠。」

「不會。」睢安笑著應道。

柏清驚詫地看著睢安，憂心忡忡他這師弟護短的毛病怎麼越發嚴重了。

「你們這浩浩蕩蕩的是要幹什麼啊？」即熙好奇地問道。

睢安沉默了一瞬，在他沉默的瞬間即熙福至心靈地說道：「啊，對了，你們是來向我奉茶行禮的……」

當即熙端坐在紫薇室的紫檀木椅上時，已經擇好了身上的灰正好衣冠，頗有一副長者風範了。任誰也看不出她三個時辰前住著拐杖臉朝地狠狠摔了一跤，兩個時辰前被一頭雪狼拍在地上起不來。

星君們整齊地分列於紫薇室內，向即熙拱手行禮，睢安站在眾人之前雙手交疊捧著一杯茶，彎腰奉給即熙。他白色的衣袖垂及地面，白玉冠下淺金色髮帶隱沒於長髮之中，整個人看起來像是一塊鑲金白玉。

即熙像模像樣地接過睢安手裡的茶，睢安喚她：「師母。」眾人跟著睢安一起喚道師母，這道禮成即熙便正式成為星卿宮諸位星君的師母，整個星卿宮裡輩分最高的人了。即熙聽著這整齊的「師母」聲，看著滿堂俯身的人，突然有些恍惚。

她想起十四年前剛入宮時，她不願意奉茶拜師，睢安和她打賭結果她輸了，只好答應拜師。當時睢安俯身看著她的眼睛，笑著說——既然拜了師，就要叫我師兄了。

她咬牙切齒地喊著——師兄師兄師兄，睢安師兄！行了吧！

睢安輕聲笑起來，眉眼彎彎。

即熙回過神來，看向身前眼眸低垂的睢安。重生之後到現在，他、柏清和思薇一直叫她師母，她原本覺得神清氣爽，可現在卻很想聽他們叫她一聲即熙。

可能以後再也不會有人喊這個名字了吧。

即熙。

「即熙」真的死了。

憂傷片刻後，即熙一放茶杯心想她怎麼還咒上自己了，她不是活得好好的，沒人知道她是即熙她就不是即熙了？弄這些傷春悲秋的多矯情？

禮成之後眾位星君要離去，即熙單獨叫住睢安，她客客氣氣地請睢安坐在她旁邊的座位上，關懷道：「睢安，最近忙不忙啊。」

「有柏清師兄在，諸事還算穩妥。師母有什麼事情麼？」

即熙清了清嗓子，理了理思緒說道：「睢安啊，你看師母現在也算是星卿宮的人了。半年後的星卿宮大考，我應該可以參加吧？」

睢安笑道：「自然是可以，但星卿宮大考非常嚴格，而且星命書通常挑選十八歲以下的人授予星命，這並非易事。」

已經二十四歲高齡的即熙坦然地說：「俗話說得好，老當益壯，我還是想要試一試。」

「也好。」睢安並不阻攔。

「但是我畢竟不是從小在星卿宮學習的，基礎十分薄弱。武學方面我自己摸索了，但是文試那些歷史詩文、天象紀年、卜卦推命之類的，能不能請您幫我補一補？」即熙終於說出最終的目的。

她從前就嚴重偏學，武學和符咒從來沒從榜首上下來過，歷史詩文勉勉強強，天象紀年和卜卦推命一向穩定在倒數。當年睢安日復一日幫她講課補習，她才勉勉強強踩線通過大考，得以進封星禮受封星君。

如今七年過去，那些東西她太久不用早就忘光了，自學是萬萬不可能的，去聽課恐怕會重蹈以前一頭霧水昏昏欲睡的覆轍，只有求助於睢安。畢竟睢安是他那年大考的全榜首獲得者，這一記錄至今無人打破。

即熙滿懷希望地看著睢安，只見睢安捧起茶杯悠悠喝了一口茶道：「師母覺得星君是什麼？」

「星君……」即熙想了想，咽下了本來想說的話，拿出大家對星君的普遍形容：「受神明旨意，為仙門百家之道標，黎民百姓之庇佑。」

睢安聞言莞爾。

「怎麼樣，你可以幫我補習嗎？」

「抱歉，恕我拒絕。」

「為什麼？是我剛剛回答錯了嗎？」

「這與剛剛的問題無關，無論您回答什麼我都是要拒絕的。」

即熙被噎得說不出話來。

幾天之後的早上，睢安正端坐在析木堂內吹塤，香爐裡瀰漫出嫋嫋白煙和伴隨而來的檀香香氣，塤聲醇厚柔潤，綿延不絕。一首曲子還沒吹完，就被快步走進房間的柏清打斷了。

「睢安，師母要參加大考？」他坐在睢安案前，十分驚訝。

睢安放下手裡的塤，點頭確認：「嗯。」

「她現在正在練武場，已經連挑了四五個弟子，說再練幾天就準備挑戰榜首。之前只聽說蘇家大小姐長於歌舞，卻不知道她身手如此了得。」柏清感嘆著，說道：「蘇家原本來者不善，但蘇章卻突然打道回府，師母行事又總是出人意料，實在不好琢磨。」

「師母和蘇家立場似乎並不一致，我覺得她並沒有壞心，師兄不必太過緊張。」

「唉……我明白。我看冰糖也在練武場，你小心看好牠，別再讓牠和師母起衝突。」

睢安聞言搖搖頭道：「師兄，冰糖喜歡師母，不會傷害師母。上次的事情多半只是誤會。」

「你看看你，又護短了吧？冰糖又不是你的靈獸，你無法和牠交流怎麼知道牠想什麼，我看那孩子被你寵得越發滑頭了。」

睢安的神情有點微妙，忍著笑說：「是我護短還是你護短？師兄你對自己，似乎沒有清晰的認知。」

另一邊練武場上的織晴遞了一杯茶給即熙，正經說道：「睢安師兄雖然溫柔和氣從不發火，但是一旦作出決定便是板上釘釘，無論怎麼說都不會讓步的。倒是柏清師兄，雖然平日裡嚴肅古板總是教訓我們，卻很容易心軟，去求一求磨一磨他多半會鬆口。睢安師兄說了不教師母您，那就是不會教了。」

即熙擦著滿頭大汗，滿懷怨念地看著練武場內正在比武的其他弟子，說道：「這是為什麼呢！」

「我們也不知道啊。」蘭茵小聲說道。

即熙快速透過織晴融入了當時樹下聊天的三人小團體，蘭茵就是那個年齡最小的仰慕睢安的姑娘，還有年齡位於中間的晏晏，這個幾個人功課武藝都是中等水準，但是對於各種八卦小道消息的收集能力可謂一絕。

失去賀憶城這個絕好消息來源後，即熙終於重新獲得耳聽六路眼觀八方的感受。

「我覺得啊，睢安師兄不想教您是不想開這個先例。畢竟甲級星君們是不講課的，若是睢安師兄教了您，那之後像蘭茵這樣仰慕睢安師兄的小姑娘必定以教習為名，都去找睢安師兄了。」晏晏認真地分析道，得到蘭茵的怒目而視。

即熙迷惑地看著她：「是這樣？」

那當年睢安給她教課補習，怎麼沒見這麼多顧慮，難道說他年齡越大越吃香，追求者竟比之前還多了？

「我也覺得是這樣。」織晴附和道。

想起上次她們斷言睢安失明是因為她咒的，即熙大感這個推論不靠譜，她感慨道：

「睢安岔開話題不肯說理由，讓人拿不準他的想法，都不知道怎麼迂迴補救。從前他不是這樣的。」

蘭茵她們想了想，晏晏道：「睢安師兄好像一直如此吧。」

睢安師兄歷來溫柔和氣，無私誠懇，教養極好，這些美好的品性包裹住他的喜怒哀樂。

他把分寸拿捏得太好，與人交往說話做事一向妥帖，從不讓人不舒服，從不逾矩。就連非常喜歡他的蘭茵都要承認，她仰慕睢安卻不知道睢安在想什麼，也不知道他的喜好憎惡。不只是她，好像大多數人都不知道。

或許沒人知道。

析木堂內，柏清同睢安商量幾天後宴會的諸多事宜，不經意間看到睢安手邊幾枚銅錢。柏清的聲音一頓，忍不住問道：「你又卜卦了？」

這些年柏清偶爾會看見睢安卜卦，但是卦象從來都是水天需，彷彿睢安一直在問同一個問題。

這不是好兆頭，對某件事情執念太深易生心魔，對於以身鎮壓天下心魔的天機星君來說尤其危險。

「這卦象給你的答案是什麼呢？」柏清終於問出這個問題。

睢安沒有焦點的眼睛眨了眨，香爐的白煙幽幽漫過他的眼簾，他沉默片刻後有些無奈地笑起來：「不可深究。」

「我並非要深究你卜卦……」

「是這卦象說——不可深究，等候機緣。」

日復一日，年復一年，問題的答案永遠是不可深究，等候機緣。

柏清眸光微動，擔憂道：「睢安……你……」

「我沒事。」睢安微微一笑。

睢安說沒事，就一定會自己處理好，不需要別人來過問。

柏清不知道還能說什麼。他這個師弟出生就被帶到星卿宮，在星卿宮裡長大，從來聰敏溫和，絕不讓人操心。

他還記得睢安失明那一天，他急急忙忙地趕到睢安的析木堂，看見從來儀態端方的睢安滿身塵土，扶著門站在房前，被一大群星君和弟子們圍著。

在擔憂詢問聲中，睢安平靜地抬起失去神采的眼睛說：「我確實看不見了，緣由我知道，你們不必再詢問。」

眾人愕然時，睢安笑起來，說道：「別擔心，我沒事。」

那時柏清驀然發現，他太久沒有關心這個從不讓人操心的師弟。以至於想要關心時，睢安已經不再需要別人的關心，而且他也看不懂睢安了。

柏清和睢安商討的宴會於七日後開宴。其實星卿宮極少開放邀請賓客，這次的宴席是應仙門百家要求，為征討懸命樓而設的慶功宴。畢竟這件事因星卿宮而起，又結束在星卿宮手裡，不好由旁人承辦。

宴會辦得十分熱鬧，仙門百家抓住這難得一遇的星卿宮開放的機會，浩浩蕩蕩的來了不少人馬，看架勢是想拐彎抹角多塞些子弟給星卿宮，好讓半年之後的封星禮上有機會出現自家星君。

每當這個時候，即熙才會勉強承認星卿宮那個規矩——「拜師入宮需拋棄姓氏，斬斷親緣，自此再無父母兄弟，唯有天地師友」是有點道理的。

即熙撫摸著冰糖的頭，站在宴會廳外的牆角邊搖頭嘆息道：「我為什麼非得出席一個慶祝我被殺死的宴會，還要聽別人擠兌我呢？」

冰糖嗷嗚兩聲，表示同情。

「唉，等我被封了貪狼星君，就弄一筆錢帶你遠走高飛好不好？」

「嗚嗚嗚……」

「什麼？你捨不得睢安？他養了你幾年你就叛變了？」即熙拍了拍冰糖的後頸。

旁邊突然傳來聲音，即熙轉眼看去，便看見幾個年輕修士和一位老者從旁邊走來，怕是剛剛迷了路沒找到宴會廳。看見即熙和冰糖站在這裡，幾人紛紛行禮，年輕的修士自我介紹是白雲門的弟子，而老者則是一位僧人。

即熙瞇著眼睛看了老者一會兒，輕笑道：「僧人和修士同行，我還是第一次見。」

「這位高僧住在懸命樓外的鎮子上，是他為我們引路我們才能順利去往懸命樓。」懸命樓位於梁州凱撒湖中心的島上，凱撒湖煙波浩渺水流複雜，且有懸命樓布防，沒有深諳水性的當地人引路是無法抵達湖心島的。

即熙冷哼一聲，心道原來是你。她幽幽開口：「辛苦您從梁州遠道而來，不過我聽說佛法講究普渡眾生，怎麼就不渡一渡懸命樓主呢？」

老僧人合掌說道：「阿彌陀佛，殺懸命樓主便是為了渡眾生，救眾生於水火。」弟子們附和說這般惡人也能渡，世間就沒有正法了。

被稱為「水火」的即熙對此嗤之以鼻，懶得再說，不耐煩地擺擺手讓他們先去宴會廳。看著老僧人遠去的背影，即熙摸著冰糖頸子上的毛，感嘆道：「今天又見著你堂兄弟了。」

冰糖不明所以。

「你是白狼。」即熙抬起手指指著那老僧人：「他是你堂兄，白眼狼。」

看在宴會有美酒美食的面子上，即熙還是面勉勉強強踏進了宴會廳。她在星卿宮輩分最高，坐在宮主——也就是睢安左側，看見自己桌上擺滿了美食，還有一碟糖衣山楂，即熙才面色稍霽，一撩衣擺坐下來，眼觀鼻鼻觀心準備醉心美食，兩耳不聞窗外事。

編鐘聲響，宴會開始，即熙除了大家一起舉杯祝酒時配合配合，其他時候都埋頭吃東西。偶爾聽聽飄進耳朵的幾句話，知道宴會進行到哪一步了。

啊這繁瑣的客套話，誇來誇去的，假不假。

魔女、惡徒、貪財害命、為禍人間、十惡不赦……又是這些詞兒，真沒有新意，什麼時候說說她茹毛飲血，吃人不吐骨頭唄。

「這災禍之主若只是謀財倒也罷了，可她咒死玉周城主，導致玉周城淪為惡鬼之域，給翡蘭城降瘟疫屍橫遍野，還膽敢害死星卿宮主。這些都是有實證的，其他無法驗證的災禍更是數不勝數，真是喪心病狂。」

又來一個新詞兒——喪心病狂。即熙聽著頭也不抬，該吃吃該喝喝。

「懸命樓底下地道四通八達，那幫惡徒都跑得沒影兒了，連副樓主賀憶城都沒有抓到。他流落在外豈不是更加為禍人間！」

「咳咳咳……」

即熙轉眼看去，靠近她左手邊堂下的思薇不知怎麼嗆了一口水，捂著嘴連連咳嗽，咳得臉都紅了。

思薇怎麼看起來跟做了虧心事兒似的。

期間只有在他們提起懸命樓寶庫裡的財物要如何處理時，即熙才兩眼放光地抬起頭來。

她湊近睢安說道：「我覺得我們星卿宮是這件事最大的受害者，懸命樓的財物應該歸我們才對！」

睢安微微偏過頭，低聲說道：「那些財物已經分給梁州百姓了。」

「……」

她的前朝老料翡翠屏風！她的彩釉八仙耳壺！她的三百箱夜明珠！她的八十五尊玉雕！她的五百箱金錠！她的……算了，數到明天也數不完。

即熙恨恨地腹誹幾句又低下頭繼續吃，彷彿要把自己丟失的錢吃回來似的。

因為懸命樓的人不修仙，財寶都是凡間的財物，沒什麼法器靈物，各修仙門派也不是特別在乎，這話題很快過去，開始為這次行動表起功來。

於是乎即熙又看見那位老僧人慢悠悠地走上堂前。從前他因為貧窮氣弱總受人欺侮而有些佝僂，走路都是顫巍巍的，如今卻衣著得體挺胸抬頭，白鬍鬚打理整齊，走出了高僧的氣度來。

白雲門的人介紹說老僧人叫悟機，是梁州的得道高僧。他一向勸人向善，若是惡人不肯聽他規勸繼續作惡，多半自食惡果沒有好下場，長此以往他的聲望漸高，如今正籌劃在懸命樓邊興建廟宇，超渡惡靈。這次討伐也是多虧他的指點他們才能到達懸命樓下。

眾人紛紛稱讚老僧人，儒釋道雖走的路不同，但做善舉一樣值得尊敬。

即熙勉為其難地抬起手跟著眾人鼓了個掌，只覺得有些吃撐了，堵得慌。

在眾人紛紛讚揚之時奉涯皺著眉頭發話，說道：「您說的有些奇怪，不聽您規勸的惡人通常沒有好下場，聽起來倒像是遭了詛咒似的。」

此言一出，場內氣氛有點尷尬。誰都知道普天之下，只有熒惑災星能夠施加詛咒。武曲星君奉涯一向是這種直來直往的脾氣，心直口快不看場合，拙於察言觀色。不過這次他總算有些後知後覺的感覺到大家表情不太好，及時停下了話頭。

悟機並沒有表現出惱怒，而是沉穩坦然道：「星君若是懷疑，可以來驗驗貧僧。」

柏清笑著打圓場說不必，讓奉涯向悟機道歉，但悟機卻堅持，說既然有疑就不能不明不白，定要分辨清楚。兩邊推讓不下，最後奉涯惹的麻煩還是他來收尾，他起身向悟機行禮，說道得罪之後掏出一個紙人。

即熙本能地往後挪了挪，離遠點然後抱著胳膊看戲。

紙人身上有符咒，催動之後直撲悟機而去，悟機氣定神閒不閃不避，紙人卻在即將碰到悟機胸口時突然自焚化為灰燼。

堂上眾人臉色皆變。

只見紙人自焚而起的白煙慢慢凝成字懸浮在空中。

——「傷此人者有血光之災，辱此人者反受十倍之辱，熒惑在上，速應我咒。」

萬眾靜默，悟機瞪大眼睛看著紙人驗出的詛咒，搖著頭道：「不不，這不可能……這一定出了什麼問題！」

有人打破靜默，說道：「原來這所謂高僧竟然受了熒惑災星庇佑，他們本是一夥的！

你假意幫助如今又上星卿宮，是何居心？」

悟機一甩袖子怒道：「出家人不打誑語，貧僧與熒惑災星勢不兩立，不曾有何關聯！」

「那這詛咒作何解釋！這些年無人能對你不敬，全是因為受了詛咒，你作何解釋！」堂下某門派的掌門拍案。

「這不可能，那是因為佛祖憐我而加護，不可能是因為熒惑災星！」

悟機乾瘦的身體因為過於激憤而顫抖，再也沒有挺胸抬頭的高僧氣度，滿是惶惑無措。

即熙抱著胳膊冷冷地看著這一幕，有些輕蔑地笑著，一言不發。

眾人議論紛紛，悟機手足無措地在堂中來回走著，辯白道：「這一定是假的，這不可能！」

雎安微微抬手，那懸浮於空中的白煙便飄入他手邊的香爐之中，雎安給香爐蓋上蓋子，扣上時發出「叮」一聲輕響。

「悟機大師，請冷靜下來。」

「星君，我真的……真的沒有勾結熒惑災星啊！」悟機淒然道。

「我剛剛看了紙人驗的咒語，確實是依附在您身上，但是我相信您並不知情。如若您事先知道，也不會引路去懸命樓，更不會主動要求驗咒。」雎安的聲音在這嘈雜的場面中猶如定海神針。

他這樣發話了，議論聲稍稍弱下來。

悟機愣了一會兒，像是終於反應過來了，喃喃道：「我身上真的有禾枷的咒術……這些年欺侮傷害貧僧之人下場慘澹，難道不是因為佛祖庇佑，而是應咒？怎……怎會如此！」

他頹然癱坐於地，彷彿一下子老了十歲，被什麼壓得抬不起來頭似的，六七十歲的人了還痛哭流涕，喊道：「我曾以為是佛祖看見我的誠心，不成想卻是禾枷以這般手段侮辱我，我清白一世居然要承她的恩情！我……」

悟機爬起來想去撞堂內的柱子，奉涯眼疾手快飛了張符出去化為繩子綁住他，悟機跌坐在地動彈不得，哭道：「武曲星君救得了我一時，救不了我一世，如此受辱豈有顏面苟活？」

堂內仙門百家有勸慰的，也有質疑他演戲的。

即熙摸摸自己圓鼓鼓的肚皮，覺得得消消食，便站起身來活動兩下，漫不經心道：「大師不必如此，那禾枷喪……啊對，喪心病狂，說不定是想親手折磨你，怕你先被別人欺負死了才給你下的咒。結果福禍相依，您反而得了好處，這有什麼可羞愧的？你自殺反而遂了她的意了。」

堂下有人私語，問這女子是誰，有人回答是前宮主寡妻蘇寄汐。

睢安朝即熙的方向微微側過臉，似乎有些疑惑，他沉默一瞬轉而笑著對悟機說道：「我聽說佛法說不可殺生，您也是生靈，不應自傷。善惡之間界限模糊難以區分，禾枷未必是完全的惡人。或許這件事是一個契機。」

「一個讓您參悟善惡是非的契機。」

悟機怔怔地倒在堂下，沉默不語不再掙扎，只是滿目倉皇。奉涯收了束縛，悟機跌坐在地，被別人攙扶著離開了。

這場混亂的表功告一段落，即熙慢悠悠地坐下來，打了一聲飽嗝。

這老頭子真是運氣不好，沒事驗什麼咒。本是來邀功的，結果落得這麼淒慘的下場。真是可憐啊。

她撐著下巴看著堂內眾人，她還不至於在這些人面前覺得冤屈，比這荒唐的事情她看得多了。反正她重生前活得瀟灑恣意，現在也錦衣玉食，管他們怎麼想呢。

就是食還沒消完，有點堵。

即熙拿起旁邊的酒樽慢悠悠地晃著，漫不經心地聽著。

他們在猜測災星為什麼幫助悟機，好像又在罵她？嘁，罵來來去都那麼幾個詞兒，讓她來罵不知道比這精彩多少。

啊睢安發話了，這事兒翻篇了，不罵她他們還能聊什麼呢？

——「家師醉心修煉一朝不慎走火入魔，如今自封經脈昏迷不醒，萬望宮主大人出手相助，引渡家師心魔。」

哦，他們要欺負雎安了。

什麼！

有人敢欺負雎安？

即熙反應過來，一放酒樽憤而抬頭。

他奶奶的誰！

堂下站著一個年輕男子，男子的容貌大概二十出頭，不過修仙者的容貌和年齡並不相關，他四五十了也不一定。他正深深彎腰行禮，眉頭緊皺聲音淒切。

即熙冷冷打量一下他的衣服，黑衣浪紋，兗州郁家波遠閣。郁家老爺子也將近兩百歲了，這年頭修仙不易，能修到兩百歲既沒飛升也沒死的甚是少見。

估計這老爺子也急，終於急得走火入魔了。

雎安還沒說話，即熙就先出聲了：「郁家少主，你家老爺子快兩百歲了，修為深厚，他尚且不能控制的心魔卻要雎安引渡，你是要雎安死嗎？」

郁少主立刻彎腰行禮，說道：「絕無此意。」

頓了頓，他抬起眼眸，鏗鏘有力道：「宮主大人剛出生就被星命書指為天機星君候選，十三歲便受封星君掌不周劍，本就是天縱奇才。這些年四處遊歷除邪祟化煞氣，安撫人心，如今更是功力深厚。世間萬物相生相剋，只有您是心魔的剋星，家師雖無法控制心魔但以您的能力定然能夠化解。您主掌天下良善之心，家師這些年為兗州殫精竭慮，他若離世便再難保一方安寧，求您看在遠波閣，看在兗州百姓的份上救救家師吧！」

郁老閣主聲名在外，郁少主此番慷慨陳詞引得不少人為郁老閣主說話。柏清皺起眉頭，這番話黑的白的都說了，把睢安捧得很高卻是拿這些名頭變相逼迫。柏清緊張地看著睢安的神色，不知道他會不會答應，這事情實在凶險。

自古以來天機星君不僅是最少出世的星君，也是最多夭亡的星君。因為長年鎮壓心魔接受試煉，一旦心緒起伏情緒崩潰就容易受反噬，被星命書判為失格而死。

引渡心魔只有睢安能做到，便是要把別人的心魔引到自己體內，以天生與之相剋的元嬰淨化，一旦無法淨化就會被反噬。老閣主的心魔強到需要他自封心脈，引渡弄不好真的會害死睢安。

睢安面對那一番吹捧神情不變，正欲開口，那邊即熙一拍桌子站了起來，把堂上眾人嚇了一跳。

「嘿呦喂我真是聽不下去了，這沒皮沒臉的什麼什麼少閣主還拿起一方安寧來脅迫天機星君，你師父自己修煉出來的心魔關睢安什麼事啊？他只要肯毀了一身修為與那心魔拚，當真拚不過？就是心疼自己百年的修為捨不得放棄罷了！你們這些修仙的動輒活個百十來年的，今兒煉出來一心魔顛兒顛兒地跑來讓睢安給你收了，就算睢安鎮不住失格死了等下次你再煉出心魔天機星君也該換代了，那仗著臉生再求著收一次心魔唄。嘴上說的好聽什麼天縱奇才功力深厚，我呸，說白了就是想讓天機星君乖乖當你丟心魔的夜壺唄！」

這驚世駭俗的言論一出，仙門百家和各位星君皆目瞪口呆地看著即熙。即熙自認話糙理不糙，理直氣壯得很。

睢安怔了怔，然後輕輕笑起來，並沒有阻止即熙。

郁少主從沒對付過這種人，一時間又氣又急：「夫人怎可這麼說話，這般侮辱郁家與天機……」

「我怎麼了？我不能說話？你想不被侮辱就別幹這些噁心人的事兒。我是星卿宮的掌門師母，星卿宮裡誰的輩分比我高？我告訴你我站在這裡，你們這些臭不要臉的人就休想占星卿宮的便宜！」

「家師也是德高望重，輩分……」

「是是是，你家那快兩百歲的老頭子輩分肯定比我高，他人呢？這位德高望重正人君子居然有這麼厲害的心魔，也太可笑了吧？」

郁家少主哪裡見識過這種架勢，被即熙一句一句頂得無話可說，氣昏了頭拔出劍來指著即熙：「妳住口！休要侮辱家師！」

劍聲一響，睢安帶笑的眼神沉了下去。

洪亮的嘶鳴聲由遠及近，自堂外疾風般飛進一隻銀灰色大鷹，以迅雷不及掩耳之勢奪下郁少主手裡的劍，叼著丟在睢安手裡，然後悠然降落在睢安肩頭，仰著頭睥睨眾生。

即熙心道許久不見，海哥還是這麼帥氣。

郁少主的臉色黑的不能看，睢安手裡握著郁少主的劍，微微笑道：「阿海，郁少主大概不知道星卿宮裡除演武場外禁止動刀劍，並非有意。你這樣有些失禮。」

阿海不屑地看了郁少主一眼，轉過頭去。

即熙默默為海哥這種老子天下第一你丫算哪根蔥的態度鼓掌。

堂上眾人觀察著睢安的反應，周遭十分安靜。睢安拿著劍從座位上站起來然後繞開桌子一級一級走下臺階，或許是因為看不見，他的步子慢而謹慎。

「郁少主，這件事您之前來信提過，我也已經表明態度。我曾與老閣主有過一些交往，老閣主光明磊落嚴於律己，但正是因為過於嚴於律己，對自身的修為極度執著。這些年他修為難進，焦急憂慮以至於滋生心魔，若執念不除就算我這次替他渡了心魔，不出十年心魔又將再生。世上沒有兩全之策，若老閣主捨得以修為與心魔相抵，雖再無法登仙卻可終享天年。」

睢安說著走到郁少主面前，雙手把劍奉上。

郁少主不肯接劍，雙眼血紅道：「什麼天機星君，什麼主掌善良正義，受百家尊重萬民供奉，難道就只圖自身安全，如此貪生怕死？今日有理由不救，明日有理由不救，來日真能救萬民嗎！」

睢安抬眸，不惱不怒地淡淡一笑，回答道：「郁少主，老閣主明知執著於修為會生心魔仍然一意孤行，我可否說他不善不義？編織罪名，黨同伐異，借勢要脅，最為不義。」

阿海飛來叼過睢安手裡的劍，精緻準地甩入郁少主劍鞘中。睢安仍然笑著，聲音卻沉下來：「少主，我希望你明白，善良並非軟弱可欺。」

他平日裡溫和沒有攻擊性，此時氣勢卻強勢得令人屏息，堂上眾人面面相覷，竟然連郁家人都不敢幫腔。

即熙望著睢安挺拔的背影，突然想起剛剛的悟機。

她之所以會偷偷給悟機下咒，是因為她最初對於善的概念就來自悟機，而她十七歲回到懸命樓時，悟機還是一樣勸人向善但受盡欺侮。她覺得他可憐，暗自想著若悟機強大起來，會不會變得像睢安這樣。

善良清醒而堅定。

但是並沒有，鎏金的石頭還是石頭，不會變成厚重的金子。

沒有人能變成下一個睢安。

第四章　醉酒

有了這兩個不快的插曲，宴席的下半段各仙家安分許多，明裡暗裡想要塞人進來的話也跟著收斂了。

即熙無聊地聽著大家清談講什麼道法，還不如罵她有趣呢。何以解無聊，唯有杜康。

平日裡星卿宮對酒管控甚嚴，只有這樣辦宴會的時候才會不設限制，即熙趁著機會一杯接著一杯喝了個夠。她向來是千杯不醉的好酒量，除了蘭祁山的酒叟之外沒輸過任何人。

要添酒時雎安回過頭來輕聲說：「師母，飲酒要適度。」

即熙擺擺手：「你放心，喝不醉。」

笑話，這才喝多少啊，開胃都不夠好麼？

此時正在興頭上的即熙完全忘記如今的她不比以前，已經換了個江南大家閨秀的身體。江南人的酒量，一般都淺的很。

後知後覺感到暈眩時，即熙心裡咯噔一下。然而她已經無力回天，只能任由湧上來的酒勁裹挾著神志一路狂奔，消失不見。

宴席結束，各仙門道友陸陸續續離去至星卿宮的客舍休息了，雎安從座位上站起來回身向即熙的方向行禮，說道：「師母，宴會……」

只見他話還沒說完，就被一雙溫熱的胳膊抱住了脖子，濃郁的酒氣撲面而來，伴隨著爽朗傻氣的笑聲：「嗝，好喝啊，梅子酒真好喝！」

睢安愣在原地。

同樣傻眼的，還有思薇、柏清、奉涯等一干還沒走的星君和弟子。

睢安很快反應過來拉開即熙的胳膊，即熙醉得神志不清，嘴裡嘟嘟囔囔不知道在說什麼，站都站不穩了。

蘇寄汐這個身體喝酒不上臉，即熙早就喝多了，但因為臉色正常，又一直安靜地神遊天外，沒人發現她醉酒。

弟子們趕緊跑過來想要扶即熙，即熙此時卻突然發起酒瘋，誰也不讓碰，把想來扶她的人全打了回去，下手沒輕沒重讓人害怕。只有睢安扶著她的那隻手還是穩穩的，倖免於難。

「別碰我！」即熙吼了幾嗓子，回過頭朦朦朧朧地看向睢安，遲緩地反應了好一會兒才說：「睢安？」

「師母，是我。」

睢安雖然看不見，但已經透過聲音把這混亂局勢猜的七七八八了。

「行吧，我要……休息……就……就你……送我回去！」一聽到師母這個稱呼，即熙醉了還立刻拿起架子。

她環顧四周，只覺得舉目所見的人都令人嫌棄看不上眼，順手一指旁邊鷹架上正啄羽毛的阿海：「還有牠，你們倆送我！」

阿海聞言目光一斜，眼神彷彿能把即熙戳個洞出來。

即熙無懼阿海的目光堅持要他們送，誰勸也不聽。睢安只好答應她，他囑咐勞累了一天的弟子、星君早些回去歇息，接著就一人一鷹，一個扶著一個拽著送搖搖晃晃的即熙回去。

路上睢安扶著即熙的胳膊，而阿海拽著即熙的領子，保證她不會倒到睢安身上去。即熙懵懵地往前走著，反反覆覆感嘆菜好吃、酒好喝，問睢安明天還有沒有。睢安也一遍一遍地回答她，正式宴會只有今天，明天沒有了。

即熙每次都點點頭，或許是這個答案她不夠滿意，過一會兒又捲土重來，讓人哭笑不得。

阿海嫌棄得恨不得把這個傻子抓起來丟溝裡頭，一看見紫薇室就撒爪把即熙丟給睢安，帥氣瀟灑地飛走。

睢安把即熙扶到房間裡的凳子上坐下，便要告辭離去。即熙立刻站起來踉蹌著說：「你等……你等等！」

說著自己把自己絆了一跤，朝睢安後背跌去，睢安快速旋身抓住即熙的手臂，用了點巧勁兒一隻手就把即熙扶得穩穩的。

他白色的衣袖翻飛甚是好看，讓即熙想起第一次見到他，他在無數魔兵之中左右遊走白衣紛飛的身影。

一股物是人非的酸楚湧上心頭，她控訴雎安道：「你他娘的到底為什麼不願意給我補課啊！」

雎安為即熙的粗話愣了一下，這個愣神的瞬間即熙突然爆發拽著領子把他推倒在地。「哐噹」一聲之後，即熙敏捷地騎在他身上摁住他的手。

她原本武功就好又使了十足蠻力，雎安想要掙脫又怕傷到即熙，沉聲道：「師母，妳醉了，快放開我。」

「不！我不放！你……嗝……你是不是討厭我所以不教我？」

「絕非此意。」

「那是為什麼？」

「我有我的原因。」

「那你就是討厭我。」

「……」

雎安覺得現在大概無法和她討論這個問題。

即熙癟了癟嘴，自顧自地委屈起來，竟然比悟機帶給她的委屈還要大百倍，她說道：「你討厭我。」

這種似曾相識的語氣讓雎安怔忡片刻，他嘆息一聲道：「我為何要討厭妳呢？」

「因為你是好人，我是壞人。」即熙語氣篤定，然後又色厲內荏道：「但是我現在是你的師母，你不許討厭我。」

「好，我不討厭妳。師母您能不能先起來？」睢安哭笑不得。

即熙低頭看著身下的睢安，他安然地眨著眼睛，眼神沒有落點空空的虛浮著。睢安的眼睛很好看，溫潤帶水，就像是通透的琉璃珠子，眼角淡淡泛紅。脖頸因為緊繃而顯露出青筋，像是白宣紙上淡紫色墨水勾了一筆似的。

即熙的心也被勾了一下，她微微俯身靠近睢安，看見睢安皺起眉頭，又不敢靠近了。

「你之前問我的那個問題啊，星君是什麼。說實話我也不清楚，是因為是合適的人才被選中了，還是因為被選中了就要成為合適的人呢。你看大家成了星君，都挺怕失格而死的。」

即熙嘟嘟囔囔地說著，放開了睢安的手但也不站起來，望著天花板說：「尤其是你，星命書對你要求最高。之前的天機星君大多活到十七八歲沒鎮住心魔，就失格死了。你活下來都不容易了，他們還要你做這做那的。」

睢安坐起身來，有些猶豫地伸出手碰到即熙的肩膀，然後把她從他身上挪下來，即熙也不反抗就乖乖任他擺布。

「今日多謝師母為我說話。」睢安岔開了話題。

「沒事，他們不疼你，我疼你。」即熙醉眼朦朧，但是回答得斬釘截鐵。

睢安忍俊不禁。

看見睢安笑了，即熙也跟著笑起來，說道：「睢安，我是不是好人？」

「是。」

「那你要誇我。」

「好。」

「你要經常誇誇我，誇我……誇我……善良……還有疼人。」

「……哈哈哈哈哈哈好。」

睢安終於忍不住笑出聲來，他好像很多年沒有這樣笑過了。

他笑著笑著，空空的眼睛裡有了點沉思，在一片黑暗裡，他伸出手試探著摸到了對面人的下頜，那裡平整光滑，沒有易容或面具的痕跡。

「師母，妳到底是誰？」

睢安低聲問道。而即熙恍若未聞，懵懵地歪過頭睡著了。

即熙這一覺睡得很熟，她做了很長很長的夢。這個夢和事實沒有任何出入，讓她感慨自己居然沒想像力到這個地步，拿回憶充數做夢境。

她夢見了剛到星卿宮的自己。

跟著睢安來到星卿宮之後，即熙很快就把星卿宮鬧了個天翻地覆。

星卿宮是講究規矩十分傳統的地方，房子建得四四方方，按照陰陽五行來安排宮服和食宿，春有落櫻夏有蓮，秋有銀杏冬有雪，言談舉止均有條條框框。而從小和通緝犯為伍的即熙天生反骨無法無天，完全不吃這一套。

她在武學和符咒方面天賦出眾，但是武科先生左輔星君說她比武時出手狠辣甚至陰毒，只要能贏就不管規則也完全不留餘地，屢次傷及同儕。而教符咒的天魁星君則說她畫符總是犯忌諱還差點引起反噬。至於教詩文歷史的文曲星君，則被她當堂頂撞氣得停了課。

其他弟子們，除了天天和她吵架的思薇，都避著她走。

掌事的柏清師兄總是宣導以理服人，奈何即熙小小年紀就已是詭辯高手，一張小嘴叭叭叭把柏清噎得差點背過氣去。

可她的好日子到頭了，柏清被氣病後，替他掌事的是雎安。

即熙再次在課堂上和文曲星君大辯三十回合之後，直接被阿海拎著脖子提溜到析木堂裡雎安面前。她在半空中嚇得小臉煞白，撲騰著求阿海放她下來。

她天不怕地不怕，就是怕高。後來阿海的一大樂趣就是在她闖禍時提著她的後頸在半空盤旋好幾圈，聽她吱哇亂叫求牠落地。

雎安放下手裡的書，一雙溫和的水汽瀰漫的眼睛看著她道：「妳又闖什麼禍了？」

阿海嗚叫幾聲，雎安點點頭。

「又讓子恕師兄教不下去課了。」

即熙拍拍身上的灰不服氣地站起來，說道：「那是他自己沒本事說不過我！」

睢安闔上手裡的書，好脾氣地笑著問道：「即熙師妹有何高見呢？」

「文曲星君說什麼達則兼濟天下，成為星君就要保護眾生。我就不明白了，厲害的人非得保護弱者？你看這世上厲害的動物，老虎、獅子、蟒蛇，哪個還保護兔子、綿羊了？只有弱肉強食啊。你非得強行保護弱者，結果這世上弱者死不掉還越來越多，弱者還拖累強者。」

睢安認真地聽著她說，並未憤怒或者打斷，見她停頓便問：「那子恕師兄說什麼？」

「他說，人之所以為人和動物不同，便在於人心人性，明禮義，懂仁愛。我就說人和動物沒兩樣啊，都是要吃要喝要交配，而且人家老虎、獅子不明禮義不懂仁愛，吃起人來還不是一口一個，比我們這些講道理的人還威風。」即熙在睢安面前盤腿坐下，滿不在乎地回答。

睢安笑起來，他說道：「那妳覺得自己是強者嘍？」

即熙挺著腰杆：「那當然。我現在還小，以後會更強的。」

「何為強者，何為弱者？飯堂做菜的王師傅，妳最喜歡他燒的糖醋排骨，假以時日他肯定打不過妳，但是妳就能燒出像他手裡那樣美味的菜肴嗎？在做菜方面，他是強者妳是弱者，那按照妳的理論他就不該給妳做好吃的，好淘汰妳這個弱者嘍？」

睢安這個致命比喻讓即熙一時半會兒無法反駁，放棄王師傅的糖醋排骨，這輩子都不可能的。

「進一步說若妳流落荒島，武功重要還是會覓食野炊重要呢？這世上人各有長，強弱本無定數。強者也會落難，弱者亦會翻身，境遇不同結果便大不一樣。我們受教作為強者要保護幫助弱者，其實是希望弱小時也能得到保護。這不只是為了別人，也是為了自己。」

睢安認真地慢慢地說給即熙聽，即熙有些恍惚，沒有全聽懂但似乎又很有道理。

她想了想，說道：「那不就是說保護別人也是一種交易。」

「當時在招魔臺下妳救思薇的時候，是要從她那裡交易什麼嗎？」

「我……」即熙答不上來了。

「有時候這種保護是交易，但是更多的時候……」

睢安點點自己的胸口和她的胸口：「是以心換心。」

即熙怔了怔，逞強道：「若換不來別人的心呢？」

「自然有可能換不來，但若只想做萬無失一的事，這世上便無事可做了，妳說對不對？」

睢安仍然笑意盈盈。在他這樣耐心的解釋之下，即熙終於敗下陣來。她看了睢安好一會兒，才悻悻地說：「我還以為，你要說什麼善良是人的本性之類的……」

「人的本性並無善惡之分，唯有趨利避害。如果善良像吃飯睡覺一樣是天性，那還要我做什麼？難道妳見過教大家吃飯睡覺的星君嗎？」

睢安的語氣溫柔中帶著一絲俏皮。

即熙聞言噗嗤笑出聲來，她說：「好吧好吧，你贏了你贏了，你說的有道理。」

辯論有了結果，她起身想要離開，一轉頭就對上阿海犀利的眼神，睢安的聲音在她身後悠悠響起：「先把今天子恕師兄教的書文抄一百遍再走。」

即熙驚訝回頭，憤憤不平道：「我都認輸了！」

睢安微微一笑，好整以暇道：「那也要抄。」

阿海使用暴力毫不留情，而即熙又不願意在睢安面前撒潑。她只好搬了個小板凳，在析木堂抄了一整天的書文。期間她找各種頭痛腦熱內急之類的藉口開溜，不過跑幾步就被阿海逮回去，提溜到睢安面前。

睢安閱覽著她抄好的書文，貼心地提示道：「妳這裡寫了錯別字，這幾個字太模糊了看不清，好好改改。」

即熙只覺得這個師兄是她命中的剋星。

即熙被睢安收拾得服服帖帖之後，柏清如獲大赦，直接把即熙的管教工作丟給了睢安，並且要她搬到睢安隔壁。即熙鬱悶了相當長的一段時間，她越來越覺得睢安說的話有道理，預感到自己很可能真的會變成大家閨秀，她終於偷偷跟一年多沒聯繫的老爹寫了信。

誰知她爹不但一點兒也沒擔心她，還對於她進了星卿宮十分滿意。回信中讓她繼續隱瞞身分在星卿宮學習，到時候再騙個星命回來，正好還能幫懸命樓多接生意。

這真是她親爹？

即熙十分氣惱，於是她找了個月黑風高夜，收拾細軟離開星卿宮準備再去闖蕩天涯。宮規說三更之後禁止離宮出山，但是即熙向來不把這些宮規當回事。憑著自己多天的精心研究攻破了封門符咒，結果在山裡鬼打牆，直到被值夜的雎安救出來。

原來那封門符咒有好幾重，第一重破後會把破咒人拉進迷陣之中，而破咒人尚且不自知，破的重數越多反而越危險。幸好即熙只破了一重符咒，不然小命都要搭進去。

雎安沒有發火，也沒有罵她，看見她渾身是傷手足無措地坐在地上，一言不發地把她背起來往回走。

即熙伏在雎安的背上摟著他的脖子，小聲說道：「你生氣了？」

「嗯。」

「……差點死的是我，你生什麼氣……」她小聲嘟囔道。

「就是因為妳不珍惜自己的命，我才生氣。宮規再三申明夜中宮門落符咒，凶險不可破。妳是覺得我們都在騙妳，還是覺得妳比我們所有人都厲害，只有妳能安然無恙地出去？妳是不是覺得是我們傻才守規矩，不守規矩就是聰明？」

這句話直擊要害，讓即熙一時無法反駁。其實她初到星卿宮時，確實對同門抱有一種野貓看家貓的傲慢，暗自把他們放在對立面上，所以才天天這個不服那個不忿。

即熙沉默了一會兒才說：「從小我就聽說不要相信別人，大人的話都是騙小孩兒的。」

雎安的腳步頓了頓，他嘆息一聲道：「這裡有我在，如果妳肯信任我，我便不會辜負妳的信任。」

即熙鼻子一酸，說道：「可要是我辜負了你怎麼辦？」

雎安低聲笑起來。

「妳能有這種擔心，我就很欣慰了。」

那天沒有月光沒有星光，夜幕暗淡，雎安的後背很寬闊溫暖，即熙小聲說：「好黑啊。」

頓了頓，她又說：「我覺得，有點兒疼。」

雎安放緩了步子走得更穩，右額的星圖亮起來，乘風而來的螢火蟲包圍了他們，金光閃閃明亮如星河。

是即熙最喜歡的那種金光閃閃。

從那以後，即熙再也沒起過離開的念頭，在星卿宮待了七年。

在雎安的影響下，她慢慢消除了對星卿宮眾人的敵意和強烈戒備心，雖然各方面還是特立獨行，但是也慢慢融入了師兄妹之間。後來即熙想，雎安似乎是唯一一個成功改變她的人。

睢安十八歲時，她十二歲，睢安開始了每年一次的試煉。

據說每位星君冥冥之中都有試煉，但唯有天機星君的試煉最為具體。成年之後每年他將會有三個月的時間失去所有記憶，被星命安排去人間至苦之處受難，如此九年才結束。以前的天機星君很多都是在試煉中無法堅守本心，自我懷疑，以至於失格而死。

睢安似乎並不害怕，他離宮時如往常一般淡定從容，反倒還安慰緊張的即熙、柏清、思薇等人。師父此時也不再閉關，出來送睢安並且囑咐了很多。

睢安一走即熙就解放了，再次成為各位先生頭疼的對象，不過她比之前收斂很多，知道適可而止的道理。面對氣憤的柏清師兄也知道道個歉認個慫，只是她那些頑皮手段和惡作劇很少有人能揪出來了。

自由的時間長了，即熙反而不太想讓睢安回來，暗自想著最好他的試煉能延期，讓她再多瀟灑一陣。

可惜師父掐指一算，睢安的試煉即將如期結束，於是帶柏清和即熙一起去接睢安。

睢安這次試煉的地方是冀州。即熙在山上有所耳聞，冀州連年大旱之後又遇洪災，千里之地顆粒無收，災民遍地遍野伏屍，是百年不遇的饑荒。

饑荒這個詞，在此之前對她來說沒有任何真實感。

她跟著師父和柏清下山一路往冀州去，路上的乞丐越來越多，屍體也越來越多，她才有了一點概念，開始感覺到恐懼。

一路上的樹都被逃荒者扒光了樹皮，舉目所見沒有任何飛禽走獸，只有死氣沉沉的荒蕪。

許多災民看起來不像人。他們太瘦了，瘦得像是一層皮貼覆在骨架上，但是許多人肚子又脹得很大，極其詭異。

他們看人的眼光是野獸的眼光。像在盤算著這三個人身上有沒有食物，或者能不能變成他們的食物。那種直白露骨的眼神彷彿把人扒皮抽筋，即熙不寒而慄。

在這些逃荒的災民裡他們找到了睢安。

睢安也瘦，太瘦了，他從來沒有這麼瘦過。不過幸而肚子沒有脹起來，看上去只是羸弱而已。

他灰頭土臉衣衫襤褸，正在給一個老婦人餵水。師父喊了他一聲睢安，他回過頭來迷茫地看著這三個衣著整潔，並不饑餓的人。

看起來他還在失憶的狀態中，右額原本是星圖的地方被一片紅色胎記取代。原本睢安的眼神很亮，現在卻只剩下一點點微弱的光芒，奄奄一息地燃燒著。

即熙無措地跟著喊了一聲：「睢安師兄。」

睢安顫了顫，他的眼神慢慢恢復清明，額上紅色的胎記漸漸褪去露出星圖的樣子。

他突然起身拉住師父的手，搖晃了兩下，虛弱地說：「你們帶食物了嗎？」

柏清慌忙從胸口拿出一塊餅，那個瞬間至少有三個人不要命似的撲上來搶柏清手裡的餅。柏清嚇了一跳，手裡的餅立刻被搶走，剩下的人烏泱烏泱地圍上來，柏清拔劍出鞘他們才有所收斂，都去爭之前被搶的餅了。

一塊餅，十幾個人爭得你死我活，頭破血流。

可這是他們身上帶的最後一塊餅了。

睢安轉身去看那個老婦人，就在這塊餅被搶的時間，睢安恢復記憶的間隙，那個老婦人已經咽氣了。

她的死相很痛苦。

睢安愣愣地看著那個老婦人，再抬頭看著四周橫陳的屍體，在那些屍體上飛舞的成片蒼蠅，和為了一塊餅自相殘殺的人。他捂住腦袋，即熙看見水澤從他的臉頰上流下來。

他哭了，睢安哭了。

接著，和水澤一起流下來的還有鮮血。

師父臉色一變，拽過睢安拉開他的手，便看見他右額上的星圖正在開裂流血，不穩定的靈氣從他身上一圈又一圈動盪開來。

這是失格先兆。

即熙的心跳幾乎停了一拍，大腦一片空白，她衝上去拉住睢安的手卻不知道能說什麼。

「雎安，振作起來！」

師父的怒喝響起，他拎著雎安的領口，一字一句地說：「無論你看到了什麼，就算這世道無藥可救，你也要心懷熱忱！你是天機星君，你是善，只要你活在這世上，善良就永不滅亡。」

「雎安，你責任深重，不可任性！」

雎安茫然地看著師父，眼淚和血順著臉頰流淌成殷紅汪洋。他慢慢露出極其痛苦的神情，當那種痛苦到達頂峰時，他額上的血卻不再流了。

回到星卿宮的雎安，有半個多月反反覆覆出現失格前兆。為防止他一旦真的失格而死，力量不受控傷及他人，雎安被關進了靜思室裡，輔以重重符咒包圍，不許任何人見他。

即熙像以前一樣不守規矩，一直偷偷跑到靜思室裡看雎安。雎安非常瘦削，比之前安靜了很多，她每天把宮裡有趣的事情說個遍，甚至主動說出自己犯的錯，但是雎安總是淺淺地笑笑很少回應。

他總是在出神，有時候出著出著額上星圖便開始流血，那血沿著他的額頭、眼睫一路向下，在白皙俊朗的臉上可怖地分割出裂縫般的區域，再一滴滴落在衣服上。

即熙膽戰心驚地替他把血擦乾淨，一遍一遍地告訴自己雎安會沒事的，他不會死。

雖然之前所有的天機星君，都差不多是在這個歲數亡於失格的。

有一天睢安突然說——妳知道人肉是什麼味道麼？

即熙愣了愣，搖搖頭。

後來她翻史書，看見史家筆下的「大饑，人相食」，就會想起睢安問人肉是什麼味道的神情。

這五個字，是她覺得這世上最精煉的絕望。

那時睢安虛虛地一笑，說道：「人為了活下去什麼都幹得出來。那個老婦人失去的雙腿，其實是被她兒子吃掉的。」

即熙睜大了眼睛。

「後來她兒子想吃了我，我反擊時把他殺死。那個老婦人從暗處爬過來問我，這個人是她兒子，她可不可以和我一起吃掉他……這一路上，這種事情太多了……」

即熙一把抱住睢安的肩膀，睢安的語氣很平靜，她卻在打顫，因為無法抑制的憤怒和心疼而哭起來。

「別說了，別說了……」

這是睢安，永遠眼帶笑意，溫柔明理不卑不亢的睢安。她雖然沒有說過，卻覺得他是從頭髮絲兒美好到腳趾尖兒的人，連影子裡都可以開出花朵，說出的話裡都帶著春風，是這世上最金光閃閃的靈魂。

他怎麼能受這種委屈，怎麼能遭這種罪？

即熙抱著睢安喊道：「憑什麼你當天機星君，從小離開生身父母來這麼個無親無故的地方，到人間至苦之處受難，還得持身守心不能失格？我去他娘的你是個人啊睢安！這什麼勞什子的吉祥物，不當了！」

睢安安靜地緩慢地眨眨眼睛，然後輕聲笑道：「如果不是天機星君，那我是誰？如果不能救世，那我在這個世上的意義是什麼？」

即熙驚慌地看著睢安的安靜眼神，她想說你是睢安，你非要救世做什麼。

可就連睢安這個名字，也是他作為天機星君的候選人被帶回星卿宮時，師父給他起的。彷彿他是為了做天機星君，才會出生。

「你別這麼安靜……你哭吧，你軟弱一點也沒關係的，睢安。」

睢安慢慢低下頭，把頭抵在她的肩膀上。即熙感覺到那裡慢慢傳來一點濕意，他一直安穩的身體終於輕微顫抖起來。

他這次只是流淚，沒有流血。

睢安的狀況終於穩定下來，不再出現失格的徵兆。第一次試煉他算是挺過去了，一想到之後還有八次，即熙都替他感到絕望。

睢安解除封禁離開靜思室之後，師父和柏清找睢安聊了很久，他一直表現得很平靜，只是話少了許多。

即熙忐忑不安地觀察著雎安，直到某天他突然不打招呼，毫無徵兆地離開了星卿宮。這對於一向守規矩的雎安來說是不可想像的。

即熙於是跟蹤了雎安，跟著他一路朝東走去。不過三天以後即熙放棄了暗自跟蹤，大搖大擺地出現在雎安面前。

因為她——沒錢了。

即熙匆匆離宮沒帶多少盤纏，三天就花光了，只好厚著臉皮來蹭雎安的盤纏。雎安看見她出現有些意外，但是沒有非常驚訝，只是無奈地笑了笑就帶上她一起。

不久之後他們來到臨海的一座小城中，因為穿著星卿宮宮服被認出來，星卿宮的「神仙」來到小城的消息馬上在城裡傳開。百姓們見到他們無不磕頭行禮，許願祈福。

即熙感嘆這個小城裡大概很少有人修仙，大家都是一副沒見過世面的樣子。有一對鄉紳夫婦來拜訪他們，一見面也是磕頭行禮，被即熙和雎安扶起來之後，他們仍然畢恭畢敬。

寒暄過後，那鄉紳的妻子猶豫著問：「星君大人可在宮裡見過一個男孩子，他今年該十八歲了，從小就被抱到宮裡養大的。」

即熙怔住了，她意識到什麼，轉頭看向雎安。雎安眼眸微動，剛想說什麼就聽那鄉紳低聲斥責他妻子：「當年宮主大人就說過，進星卿宮就得斷絕父母親緣關係，妳還問什麼！」

他妻子有些委屈，小聲說：「我聽說要是過了十八歲還封不上星君，就能退籍離宮，回家來了。」

「妳還希望孩子封不上啊？一輩子留在我們這個小城裡，能有什麼出息。」

「可……他一生下來就抱走了……我怕他想回來也不認識……」

「胡鬧！他是命定的貴人，我李家祖墳冒青煙才生的大人物，妳怎麼盡說些婆婆媽媽的事情，當心惹星君大人不快！」鄉紳白了他妻子一眼，回頭看向睢安時笑得很小心。

睢安沉默片刻，微微一笑。

「你們說的那個人我知道，他已經封了星君，過得很好。你們不用擔心。」

鄉紳露出了掩飾不住的喜悅笑意，他的妻子一開始笑了，之後又有點悵惘。

他們永遠不會知道，站在他們面前的這個人就是他們的兒子。他們和這個兒子的緣分，就只是母親的懷胎十月，和生下來的匆匆一瞥，他們甚至沒來得及給孩子取乳名。

即熙在旁邊看著，心裡說不出是什麼滋味兒。她鬧脾氣了就離家出走，在外面玩膩了就瀟瀟灑灑回家去，她老爹氣歸氣，總不會不要她的。

可睢安是一個沒有家，沒有歸處的人。

或許他違反宮規私自下山來這裡，就是想來確認這一點。

他們在那座濱海小城待了五天。即熙生平第一次看到海，每天都充滿了好奇，拽著睢安去海邊玩，趕海拾貝殼，堆沙捉螃蟹。

那天夕陽西下，整個世界都是波光粼粼的橘紅色。即熙挽著褲腳站在淹沒至小腿的海水裡，叉著腰大喊一聲：「睢安，李睢安！」

身旁的睢安挽著袖子，衣服還兜著幫即熙撿的貝殼。他愣了愣，轉眼看向她。

「你別做天機星君了，別管星卿宮那些破事兒了！做普通人吧，我陪你做一輩子普通人！」即熙氣吞山河地喊道。

睢安沉默了一瞬，然後眉眼彎彎地笑起來，橘紅色的光暈為他右額的面具染上暖色，溫柔的眼睛裡盛滿笑意，美好極了。

他騰出一隻手來揉揉即熙的腦袋，笑道：「我離宮不是要放棄做天機星君，只是要想明白一些事情。最近我想明白了，我們回星卿宮吧。」

即熙僵硬地站在原地。

睢安心領神會，說道：「妳放心，私自出宮的責罰我替妳擔著。」

看到睢安這樣笑著，她就知道熟悉的睢安又回來了，溫柔又堅定的睢安回來了。

即熙整個人放鬆下來，突然覺得鼻子酸酸的，撩起水狠狠灑了睢安一身。

「你這段時間嚇死我了！我他娘的都睡不好覺，天天擔心你！」

她瞪了睢安半天，然後撲進他懷裡，哇哇大哭起來。睢安無奈地笑起來，拍著她的後背輕聲安撫。

之後的每一年，睢安每一次試煉結束，即熙都第一個跑去接睢安，確保他平安無事。

即熙離開星卿宮時，睢安的試煉剛過去一半，不知道之後他每次試煉結束都是誰去喚醒他。

不過說到底星卿宮的人個個都很喜歡睢安，之前她總是太積極擋了別人的道兒，說不定她走了好多人都爭著去接呢。

即熙一邊腹誹一邊從悠長夢境中醒來。她正大喇喇地躺在自己床上，還穿著昨天宴會的衣服，虛虛蓋著一床被子。即熙頭疼欲裂，睜著眼睛看了天花板，夢境裡的過去走馬觀花地在她眼前閃過。

然而回憶裡的悵惘不過蔓延了一小會兒，就被現實的尷尬擊潰，她把頭埋進枕頭裡哀號起來。

昨天醉酒前後發生的事她都記得，記得清清楚楚。

先來了個受過她恩惠不自知，還給人帶路來討伐她的白眼狼悟機。然後又出了個假借道義之名威脅睢安幫忙的小白臉郁少閣主。最後她這個忘記自己換過身體，高估酒量的蠢貨把自己灌醉了。

她發酒瘋叫睢安和阿海送她回房，她把睢安推倒在地，坐在他身上……

即熙給自己心口來了一拳，默念道別想了別想了快忘掉快忘掉。

不過真不愧是她，喝醉了都守口如瓶沒把自己身分說出來，還調戲到了睢安，這真是……

不對不對，這種得意的想法是怎麼回事？有什麼可得意的啊！

即熙無語凝噎，死去活來。

她終於在床上撲騰完，頂著宿醉憔悴的臉，簡單洗漱之後心裡做了半天準備，才鼓起勇氣推開門走出院外。然後她做賊似的扒著門四下環顧，尤其關注不遠處的析木堂，慢慢地一步一步地挪動。

「師母？」

即熙被嚇得三魂丟了兩，回頭看去，只見雎安不知什麼時候出現在她身後，面帶笑容。

即熙僵硬地扯扯嘴角，回應道：「早……早啊雎安。」

「昨日您替我說話，還未正式拜謝。」他淡笑道，向即熙行禮。

即熙趕緊擺擺手，說道：「不客氣不客氣，你謝我不如幫我補課。」

雎安沉默了一瞬，即熙心道她怎麼就嘴快說出來了，現在這種尷尬的局面真不是提要求的好時機。

「好。」雎安答應道。

即熙睜大了眼睛。

誰說這不是提要求的好時機！

她忙不迭道：「一言為定！你怎麼回心轉意了？」

「我有我的理由。」

睢安還是這一句。但是即熙心裡估摸著是因為昨天算是欠了她一點微薄的人情，想還給她。

她快速地把什麼尷尬醉酒酒瘋棄置腦後，雀躍地說：「那我去準備準備，我們明天就開始！」

說完開心地拍拍睢安的肩膀，然後一溜煙地跑了。

睢安聽到她的笑聲和漸漸跑遠的腳步聲，無奈地笑起來搖搖頭。阿海落在他的肩頭，不解地鳴叫兩聲。

「你不覺得她很像一個人嗎？」

阿海想了想，又叫了兩聲。

「我也不知道。」

睢安溫潤的雙眼望向虛無的遠方，他在蟲鳴鳥叫聲此起彼伏的黑暗世界裡，輕聲嘆息。

第五章　賀郎

既然睢安答應給她補習，即熙想著萬事俱備只欠東風了！所謂東風，就是思薇的註解。

思薇這丫頭一向是先生們交口稱讚的好學生，和即熙完全相反——是她們那一屆卜卦推命、天象紀年的榜首。思薇聽課從來是認認真真，溫書從來是百遍不厭，註解寫得工整詳細又好理解。即熙覺得她不出書實在是太屈才了。

當年和思薇同窗時即熙每到小考就眼饞她的筆記，在這時她們總能達成共識進入最和諧的狀態——即熙教思薇功夫和符咒，思薇借給即熙她寫了註解的書。

可見考試才是人生大敵，什麼樣的死對頭在它面前都能結為盟友。

即熙先去告訴冰糖這個好消息，又帶著冰糖歡樂地哼著小曲跑到思薇的昭陽堂。門上照舊貼了封門符，即熙原本想這次就不破符了，思薇回來再說，但冰糖卻變了神色，趴在門上仔細地嗅來嗅去，不停地扒拉。

牠表示昭陽堂內有陌生人的氣味，而且還隱隱有陰煞之氣。

難道有什麼人潛進來了？

即熙心中一緊，抬手解了封門符帶著冰糖跑進去。

這咒比上次的難了一點，值得表揚。

冰糖進了院子直奔房間，即熙打開門冰糖一路聞著趴到思薇的梨花木大衣櫃旁邊。這個衣櫃是以前即熙和思薇合住時一起用的，很寬敞結實，別說藏一個人了藏三個人都沒有問題。

即熙站在衣櫃前，冷聲道：「我知道你躲在裡面，最好自己出來。」

衣櫃安安靜靜，毫無動靜。

即熙起手觸動衣櫃上的封門符，三下五除二將其化解，然後她拉住把手一下子打開櫃門。

「我倒要看看……」

即熙盯著衣櫃裡那個雙眸緊閉的紅衣男子，驚得沒能說出下半句話。她「哐噹」把門關上，心想這不可能，是不是她眼花了？

賀憶城他不是應該和懸命樓其他人一樣跑了嗎？為什麼會在思薇的衣櫃裡？

即熙深吸一口氣，又打開櫃門，那個男人沒有如她所願消失不見，而是如剛剛一樣安靜地躺在一床被子裡。

「賀……」

「妳在幹什麼！」

一聲驚天怒吼讓即熙轉過視線，思薇衝過來關上櫃門。即熙嘴裡的「賀憶城」卡了半天，突然想起蘇寄汐應該不認識賀憶城。

她急中生智懸崖勒馬道：「賀憶……呵呦喂，妳還真藏了個男人？」

思薇瞪著眼睛看著即熙，她明顯有點慌，但是仍然強撐著氣勢。

「妳憑什麼私闖我的房間開我的櫃子？」

「冰糖聞到妳房間裡有陌生人，我以為是刺客……那不重要，這個人怎麼了，為什麼昏迷不醒？」

「關妳什麼事？」

「妳為什麼藏著他？」

「妳給我滾出去！」

即熙只覺得青筋跳了跳，她揉揉太陽穴，想著思薇這丫頭的性子吃軟不吃硬，得緩和著來。

她露出笑容後退幾步走到桌子邊，坐在圓凳上，和顏悅色道：「妳先冷靜冷靜，我真這麼出去告訴別人了，妳怎麼辦？但是我不會跟別人說的，我發誓！」

她舉起手指放在自己額邊，像模像樣地發誓。

「我看那個人好像病了，反正我也知道了，或許我能幫忙呢？」

思薇還靠在櫃門上，驚疑不定地看著即熙。這位師母一向行事古怪，思薇不由得警惕道：「妳為什麼要替我隱瞞？」

「我自然是有條件的……唉妳先坐下說，我又不會把人搶走。」

即熙乾脆起身把思薇拽到座位上坐下，明知故問道：「這人是誰啊？妳為什麼要把他藏在這裡？」

「說了妳也不認識，這是我的私事。」思薇語氣有些煩躁。

真奇怪，思薇和賀憶城能有什麼私事？

即熙想著，平時要是有個姑娘說和賀憶城有私事，那十有八九是被他勾搭了，或者被他拋棄了。他可是百花叢中過，片葉不沾身的紅衣賀郎。

賀憶城雖然風流，但是還不至於膽大包天去招惹思薇。思薇說的私事，估計還是跟她有關。

難道是思薇覺得她死得還不夠慘，遷怒在賀憶城身上？

這真是……天道好輪迴，看誰饒過誰。她被賀憶城的爛桃花連累時，賀憶城可是說有福同享有難同當的。

即熙嘖嘖感嘆了一下，便道：「那他為何昏迷不醒？」

這個問題像是觸到了思薇最煩惱的點，她皺起眉頭沉默了一陣，說她也不知道。這個人從被她撿到那天起就昏迷著，對外界毫無反應，呼吸微弱脈搏微弱身體寒涼，但確實還活著。她偷偷請大夫看過，大夫也說從沒見過這樣的症狀。

即熙一聽心下就有數了，賀憶城這是又犯病了。她喝了一口茶，安撫道：「我以前有個朋友也有像這樣的怪病。尋常法子沒法治，聽說是有一位星君給了他祝符，他才好起來的。」

「祝符？」思薇愣了愣，冷哼一聲：「我憑什麼給他祝符？」

祝符是星君獨有的，相當高級的符咒，代表了星君的庇佑。譬如若有人受到武曲星君的祝符會體魄強健，若受到太陰星君的祝符會財源滾滾。然而一旦這個人心生邪念或作惡，星君就會被祝符反噬而受傷。

這是個風險很大的符咒，通常只會賜予足夠信任的人。

即熙心想，怕不是只能等她半年後得了貪狼星君的星命，再給賀憶城一次祝符，他才能醒過來了。

那賀憶城就這麼躺半年？也太慘了吧。

抱著對自己青梅竹馬好友的憐憫之心，即熙勸思薇道：「妳看妳把他藏在這裡，還要擔心被別人發現，戰戰兢兢的多不好。不如早點給他個祝符讓他醒過來，把妳的私事處理完放他走，不就輕鬆了？」

思薇冷冷地看了即熙一眼，說道：「我的事情用不著師母操心。妳幫我隱瞞有什麼條件，說吧。」

即熙只覺得這個妹妹如今越來越不好說話，心裡為賀憶城默默嘆息，然後說道：「妳把妳的註解借給我吧。」

思薇像是不相信自己的耳朵：「什麼？註解？」

「我不是要參加半年後的大考嘛，他們都說妳功課最認真，書本上註解寫得最詳盡，我想借妳的書看看。」即熙說得十分誠懇，然而思薇看她的眼神卻越來越奇怪，她說道：「妳……妳就想借書？」
「是啊。」
「只有這個條件？」
「妳嫌不夠？」
「……我借給妳。這是妳自己要求的，以後妳再想追加什麼條件，我是不會認的。」
思薇站起來拖出床下的箱子，搬出厚厚一摞書給即熙。即熙翻著看了看，正是從前思薇曾借給她的那些，於是心滿意足地說道：「行了，我會替妳保密的。但是還是多勸妳一句，給他個祝符把他叫醒吧。妳既然救了他，何不痛快點救人救到底？」
生死有命，富貴在天。要是思薇不鬆口，賀憶城你就先躺半年吧。
說罷即熙拍拍冰糖的腦袋：「冰糖我們走。」
冰糖歡快地叫了兩聲，乖乖地跟著即熙走出房間。
思薇站在門口看著這一狼一人的背影，不禁有些恍惚。
這位師母在堂上出言不遜大罵郁家少主，發現她藏著陌生人又只要一點兒好處就替她隱瞞，真是行事無拘無束，匪夷所思。可冰糖和師母關係卻很好。
或許是因為師母很像那個人。
那個滿嘴謊話，騙了他們所有人的傢伙。
思薇咬咬唇，回頭打開櫃子看向裡面那個男人，她不輕不重地踹他一腳。

「你快起來，我有事要問你。」

「要不是沒法問那個騙子了，誰會救你……這個半死不活的傢伙。」

思薇氣得心口疼，不知道是在氣那個死去的騙子、昏迷不醒的賀憶城，還是在氣自己。

櫃子裡這個已經是她唯一能找到的，可以回答她疑問的人。

睢安答應幫即熙補課之後，接下來的幾天裡都忙於接待處理宴會來賓的諸多事宜，待五天之後才稍微閒下來。

於是這五天裡，弟子們吃驚地看著新來的師母大人天天一早去倒立、跑步、練劍，然後——挑戰武科榜前幾名的弟子，互有輸贏。

如此奮發圖強，讓弟子們都不好意思偷懶了。

柏清和睢安討論宮中事情時，柏清忍不住提到這位師母。當日她在殿上大罵郁家少主，弟子們已經目瞪口呆，如今又非得以二十四歲高齡準備大考，如此勤勤懇懇，人人都說蘇寄汐是個怪人。

「我之前與師母有過幾面之緣，只覺得是有些傲慢的千金小姐，沒想到她這麼……勤奮好學，不拘小節。」柏清感嘆道。

睢安寫字的手頓了頓，他把筆準確地放在筆架上，說道：「師兄，你看她練武，可有功底？」

「在我看來沒有什麼功底。雖然師母招式很標準，但是氣息和身體沒有訓練過。不過聽說師母從前常跳舞，身體靈活輕盈，若真的勤勉練習應該大有提升。」

「也就是說，她從前不曾習武？」

「應該不曾，怎麼了？」柏清有些奇怪。

睢安笑笑，答道：「沒什麼，隨便問問。」

從紫薇室出門右轉，沿著一條旁邊種了銀杏和松樹的青磚路走一小段，就能看見析木堂的淺色木屋。

說定了睢安每三天給即熙補習一次，即熙抱著一摞書走進析木堂時，悠長的塤聲伴著香爐的白煙飄過她眼前。睢安在嫋嫋白煙裡低眉斂目，神色安然。

即熙一直很喜歡他的手，細瘦修長，捧著塤時尤其優雅。

睢安放下塤，說道：「師母？」

「哎，別停下來啊！吹完吹完，我不差這一會兒。」

即熙在睢安的桌前盤腿坐下，把書往桌上一摞然後胳膊架在書上，撐起下巴，準備繼續洗耳恭聽。

「我不記得斷在哪裡了。」

這是睢安自己寫的曲子，蘇寄汐應該沒聽過。即熙這麼想著，便說道：「那……你就從頭再吹一遍吧。」

一瞬沉默之後，悠長的塤聲再次響起。

即熙想當了師母就是好啊，想提什麼要求就提什麼要求，睢安大部分都會滿足。像補課這種事情，他一開始拒絕後來也答應了。不像從前，說不行就是不行，她怎麼請求甚至要賴他都不讓步。

「您有什麼問題要問我麼？」睢安吹完一曲，問道。

即熙打開書頁：「別問什麼問題了，我全是問題，你從頭講一遍吧。天象紀年第一冊內容，星空分區，開始吧。」

「……我們觀星紀年，所以要將星空劃分以得規律。黃道上一周天，自西向東分為二十八星宿，又分為九野。中央鈞天為角宿、亢宿、氐宿；東方蒼天為房宿、心宿、尾宿……」

睢安說著拿起一支筆，蘸了墨水在面前鋪開的白紙上描畫，二十八星宿一一在眼前展現，橫平豎直分毫不差。要不是他全程目光落在別處，根本無法看出他是個盲人。

他的聲音溫潤低沉，聽起來十分舒適，即熙一邊聽他說的一邊看書，時不時再看看他畫的圖。

「……所以說，太陽行至大火中，交什麼節氣？」睢安問道。

即熙一個激靈，拔出插進頭髮裡的筆：「交……交……芒種？不對不對，大火是秋季，是……霜降！」

「對了。」睢安頓了頓，笑著說：「《國語》中說『昔武王伐殷，歲在鶉火，月在天駟，日在析木之津，辰在斗柄，星在天黿』，這所指的日期為何？」

「……我……我不行了。」即熙趴在桌子上，長長地嘆了一口氣：「你說大考非得考這些嗎？這些學不好，未必就不能當個好星君啊。」

睢安聞言低聲笑起來，放下筆說道：「師母，妳和我認識的一個人很像。」

即熙心裡咯噔一下，她隱約想起那日醉酒時，睢安問她到底是誰。難不成睢安開始懷疑她了？

她略一思忖，決定先發制人：「你說的那人，可是失蹤的貪狼星君？」

「您知道她？」

「嗨，思薇也說我像她。」即熙自然地扯起謊來，接著說道：「但是我聽說她這個人任性妄為心術不正，當年在星卿宮就是個異類。難道我在你們眼裡是這樣子嗎？」

她都把自己罵到這個地步了，總該洗脫嫌疑了吧？

睢安微微蹙眉，繼而笑著溫言道：「您也知道她是貪狼星君，貪狼星君主變革，天生與平庸世俗相斥，若非如此如何變革？與眾不同，並非邪惡。」

可她到死也沒做出什麼變革，實在是辜負這個星命的責任。

即熙漫不經心地翻著書說道：「可她任性妄為，招呼不打一聲兒就失蹤這麼多年。若是她這些年在外面為非作歹，有辱師門，你還能容得了她嗎？」

「當年是我把她帶回星卿宮，我是她的掌門師兄。她的錯便是我的錯，我會和她一起承擔。」

「可若世人都容她不得呢？」

雎安將畫滿了草圖的宣紙拿下來，兩指一夾乾淨俐落地摺好，淡淡地笑起來。

「我也是世人的一部分嗎？」

「自然是。」

「那只要我容她，怎會世人都容她不得。」

即熙張張嘴，卻又不知能說什麼。

沉默了好一會兒，她才小聲說：「……就是因為你脾氣太好，這也容得那也容得，別人才欺負你。以後你別這樣了，有我給你撐腰！」

越說到後面她的聲音越大，變得理直氣壯起來。

「多謝師母，師母果然善良又疼人。」雎安似乎覺得有些好笑，但並不反駁。

即熙尷尬地笑笑，說道：「我喝醉了瞎說的……你不必真的這麼誇我。」

睢安笑而不語，他看起來和剛剛說著「妳和我認識的一個人很像」的睢安有著微妙的不同。

即熙看著睢安，突然想起織晴她們描述中，遙遠不可捉摸的睢安。

睢安比以前，好像冷了一點。

在他身上有種難以言明的氣質，他的言語和眼睛永遠親切真誠，但由於過於禮貌而顯得疏離和難懂。這些矛盾的因素和諧地存在於他身上，就像是春日之雪，說不清是溫暖還是寒涼。

即熙幾乎能確信，睢安現在不反駁也不拒絕她的好意，只是禮貌而已，他若有難並不會向她求救。

她對他來說，只是個陌生人。

賀憶城甦醒過來時，只覺得自己做了一場混亂漫長的大夢，迷迷糊糊聞到薔薇花香，心想他又躺在哪個美人的帳裡睡了。

正在他恍惚時，一道冰涼抵上他的脖頸，他睜眼望去，只見面前一位美人正拿劍架在他的脖子上。美人看起來年輕稚氣，膚色粉白面容姣好，抬著下巴看著他，眼裡有幾分倔強和傲氣。

她穿了件白衣，上面繡了鳳凰振羽的菊花紋和二十八宿星圖。

賀憶城一個激靈澈底清醒了。這是……星卿宮的星君？他怎麼羊入虎口了？

思薇看著面前悠悠轉醒的男人，威脅道：「你最好給我老實點。」

男人瞇著一雙鳳目看了她一會兒，揉揉額角道：「我認得妳，一年前妳追殺即熙到懸命樓底下，妳是她的便宜妹妹思薇。」

「你說話注意點！」思薇怒道，劍在賀憶城的脖子上劃出血痕。

賀憶城嘶地吸了一口氣，立刻舉起雙手人畜無害地笑起來：「好好好，大小姐，我不說話了，您說您說。您要不解釋一下這是怎麼回事，我怎麼……躺在您的衣櫃裡？」

他一笑起來，臉上露出兩個淺淺的酒窩，有了點風流公子的輕佻氣質。他環顧四周，露出疑惑的表情。

「你有什麼資格要我解釋？我有問題要問你，你老老實實回答就好了。」思薇居高臨下地看著他，冷冷地說：「師父到底是不是即熙咒死的。」

「師父？他不是妳親爹嗎？你們星卿宮都叫得這麼生分啊……疼疼疼妳注意妳的劍！」

「少說廢話！」

賀憶城於是乾脆俐落地回答：「不是。」

思薇目光一凝：「那為什麼睢安師兄催動『問命箭』，讓它誅殺害死師父的凶手，問命箭直取即熙性命？」

賀憶城的眸光閃了閃，他放下舉著的雙手，慢慢問道：「即熙死了？」

「是我在問你！」思薇的眼睛泛起紅色。

賀憶城不置可否地輕笑一聲，說道：「問命箭出錯了？」

「問命箭絕不可能錯殺無辜之人。」

「哦，那就是即熙咒死妳師父的唄。」賀憶城牆頭草似的立刻換了說法。

看見思薇又瞪起眼睛，脖子上的劍又有了貼近的傾向，他立刻補充道：「妳問我，我也不知道啊。你們討伐懸命樓的時候我在外地，緊趕慢趕差一點就能趕回去，結果剛上島就暈倒了，關於這件事我都沒來得及問即熙。」

「你是她的副樓主，真能一無所知嗎？」

「我所知道的，就是懸命樓沒有接咒殺妳師父的生意。」賀憶城眨著一雙真誠的眼睛，說道：「我暈了這麼久渾身無力，跑不了。妳能不能把劍從我的脖子上挪下去，這怪危險的。」

思薇懷疑地看了他半天，看他真的十分虛弱，才終於收回手裡的劍。

賀憶城理理衣服，確認他的寶貝短刀還在懷裡，然後好整以暇地盤腿坐在衣櫃裡的被褥上，說道：「所以說，即熙死了，而且是睢安殺死即熙的？妳是不是沒告訴他即熙是禾枷？」

思薇臉色微變，賀憶城點點頭：「妳還真沒說，妳看看妳造的什麼孽，從前關係挺好的兩人弄成這種結局。」

「你閉嘴！你……」思薇作勢又要拔劍，她瞪了賀憶城半天，說道：「你是即熙的好友，她死了，你怎麼一點兒也不傷心？」

「嗨，我們這從穿開襠褲就認識的情誼，還弄什麼哭哭啼啼的。我們早就說好了，誰死在前頭另一個人就天天給他燒紙錢，讓他到陰曹地府做陰間首富。現在她死在前頭了，我就得給她燒紙，以後說不定沒人給我燒了。是不是我比較慘？」賀憶城嘆息著。

思薇被他這番油腔滑調的話驚得說不出話來。

「她才二十四歲，而且死於非命。你就這麼……」思薇找不到合適的形容詞了。

賀憶城撐著下巴，輕描淡寫道：「嘖嘖嘖，妳錯了。這就是她的命，熒惑災星因咒人而減壽，多半年紀輕輕就去世。即熙她爹死的時候才三十五，她早知道自己活不長的。」

「所以你……也不會為她報仇嗎？」

「也不是不行，給錢就行。」賀憶城笑咪咪地說：「找上我們懸命樓的生意，多半都是要報仇的，看都看膩了。樓裡的規矩就是不報私仇，當然妳要是給我錢，那就是生意，我還是可以報一下的。」

「……你們這些狼心狗肺的傢伙！」思薇聞言不但沒有鬆口氣，反而更加憤怒。她一巴掌打在賀憶城臉上，揪起賀憶城的前襟硬生生把他提起來，賀憶城驚詫地捂著臉，看見思薇漂亮的眼睛裡慢慢盈滿淚水。

「為什麼……為什麼所有事情在你們眼裡，都跟個笑話似的？背叛不重要，真相不重要，死亡也不重要，那你們活著是幹什麼？」思薇說著說著，眼淚流出來了，順著臉頰滴滴答答地落在賀憶城身上。

他沉默了很久，看著眼前這個眼睛通紅，淚流滿面的美麗姑娘，最終露出天真無邪的笑容：「世事已經如此了，還計較那麼多幹什麼呢？」

第六章　論咒

今天即熙走進析木堂時，睢安還沒回來。冰糖站在堂中乖巧地等著她，見她來了圍著她跑了幾圈，嗷嗚了好幾嗓子。

即熙摸摸冰糖的頭，笑道：「那我就等等睢安吧。」

她抱著書跟著冰糖走進房間內，睢安的桌案上十分整潔，和她上次來看的時候一模一樣。

其實他文具書冊的擺放方式，和七年前沒有太大差別。她一直覺得睢安有點輕微的怪癖，所有東西在他手上都必須有秩序，並且被放既定的位置上。就算是一直放左口袋裡的東西不小心放在右口袋裡，都會讓他皺皺眉頭。

她放下書，走向桌子後面的書架。書架也沒變，這個隔間是用來放史料的，這個隔間是用來放符咒書的，這個抽屜放畫冊，這個抽屜放他的收藏……

即熙拉開那個放收藏的抽屜，意外地看見各種物品之上，躺著一件禁步。

禁步的質地是金鑲玉，遠遠看還算是優雅，湊近看清上面的花紋，馬上就變得俗氣了。

這禁步一面是芙蓉、桂花、萬年青，寓意富貴萬年，另一面是花瓶裡插著的稻穗，還有鵪鶉，是為歲歲平安。垂穗底端栓了小金鈴鐺，戴著走路時會有清脆聲響。

富貴萬年，歲歲平安，這是她送給睢安的二十歲生日禮物沒錯了。當時她做好這個禁步，被思薇嘲笑了好幾天，說她的品味俗不可耐，居然連富貴萬年都出來了。

搞得她沒好意思跟大家一起把禮物給睢安，而是趁著他做晚課時翻窗到他屋裡，私下給的。她預先重中自己品味比較俗氣，睢安看了這個禁步卻說好看。

他眼裡映著溫柔燭火，說道——妳把自己最喜歡的東西送給我，並不俗氣。

之後睢安真的天天戴著它，直到她離開星卿宮時他還隨身佩戴。這次她回來卻沒見他戴過了，原來是放在這裡。

即熙摩挲著這件禁步，觸感溫潤光滑，其中連接的繩子有些磨損，感覺隨時會斷掉似的。她拿起來，想著如果她拿回去換好繩子再放回來，應該神不知鬼不覺吧。

即熙正想著，一回頭就看見阿海不知何時站在她身後的鷹架上，露出犀利的目光，亮出牠的利爪。

「好嘞！我這就給您放回去！」即熙馬上陪著笑把禁步放回去，合上抽屜。

阿海還是一樣神出鬼沒，讓人害怕。即熙腹誹著走到書桌前，靠著軟乎乎的冰糖坐下，擼牠銀白的毛。

「冰糖，你打得過海哥嗎？」她小聲問道。

「嗷嗚。」

「哎，你怎麼這麼隨你的主人！她怕的你都怕！」即熙忿忿地薅了一把冰糖的毛。

這天睢安講課時，阿海和冰糖陪在他們身邊。即熙沒骨頭似的靠在冰糖身上，如同靠著個大枕頭，舉著書放在眼前看著。

阿海叫了幾嗓子，睢安停下講課的聲音，笑起來：「師母，您這樣看書對眼睛不好。」

即熙看了告密的阿海一眼，敢怒不敢言地爬起來坐好，說道：「你平時都帶著阿海，就跟能看見沒兩樣了。」

「阿海是海東青，如果不能翱翔於山林之中，而是天天拘束在人的房子裡，那就不再是海東青了。」睢安邊說邊拿起鎮紙，換掉寫滿字跡的紙張。

他伸手去拿新紙，卻摸了空，皺眉道：「師母，您動了我的紙？」

話音剛落便有一遝紙遞到他手邊，女子嬌俏的聲音傳來：「我看你做事拿東西特別流暢，就像能看見似的，所以想確認一下。你是記下這屋子裡所有擺設的位置嗎？那星卿宮的各種房屋、路線、陳設，你也都記住了？」

「嗯。」睢安接過新紙，鋪在桌上淡淡應道。

即熙想這像是睢安能做出的事情，但就算是睢安來做，也是很辛苦的。

「你到底為什麼會失明呢？」即熙問道。

睢安抬眸沉默了一會兒，突然淡淡一笑：「下雨了。」

即熙轉眼望向窗外，果然地上出現一個一個圓形水印，悄無聲息。

「你怎麼知道的？」

「聽見的。」

他又讓即熙抓了一把豆子撒在盤中，問道：「這把豆子一共有多少個？」

即熙愣了愣，還沒來及數完睢安就說道：「三十二個。」

「這也是聽出來的？」

「嗯。所以不必為我可惜，福禍相依，我沒事的。」睢安笑著說道。

即熙看著那盤裡安靜躺著的三十二顆豆子，心想怎麼會沒關係，那可是一雙眼睛。

不過是你慣會說話，有一千種方法說服別人你沒事罷了。

即熙只順著睢安的意思說了一句：「好吧。」

可她覺得心裡不痛快。

她想吃冰糖葫蘆了。

午飯後的弟子們三三兩兩地在授學殿外聊天，卻有十幾個人圍著一個石桌好像在看什麼。

「符咒拚的是什麼？氣脈和靈力，像你們這種……不，是像我們這種未封星君的，靈力自然不足以支撐高等符咒，那就要看氣脈。」

即熙邊吃著織晴她們下山買來的冰糖葫蘆，邊拿起織晴畫好的符咒，起手觸發看見符咒上湧起氣流。

織晴、晏晏、蘭茵和即熙圍著桌子坐了一圈，她們之外還站著一圈伸長脖子的弟子，個個手裡拿著符咒比對。即熙食指在織晴的符咒上描了幾下，搖頭道：「不行不行，妳這個氣脈設計得太弱了，一眼就看透。」

說著她打了個響指，織晴的符咒應聲而破。

周圍的弟子們中響起讚嘆之聲，這已經是即熙在兩筆之內破的第五道符了。晏晏、織晴和蘭茵準備的符已經全被即熙破完了。

她拿起筆在紙上畫著：「寫符咒這事兒啊，不能太教條，一個個畫得光明正大氣脈清清楚楚的，真靠靈力取勝啊？人要學會變通，要知道討巧，要知道設計陷阱迷惑破咒人，甚至攻擊破咒人。」

諸位弟子正仔細聽著即熙的教誨，突然傳來一個聲音，冷冷道：「沒想到堂堂星卿宮先宮主夫人，居然教弟子這種陰暗小人之道。設計陷阱或攻擊破咒人，萬一出錯就會變成邪咒，甚至反噬施咒者。」

即熙抬眼看去，前幾日在宴會上顏面掃地的郁家少主正站在院門口，神色陰鬱地看著她。宴會上的衝突過後，雎安這個新任宮主在眾仙門面前立了威，而郁少主則迫於形勢向雎安道歉，維持了表面上的和平。

當然，他心裡肯定還是不服的。

即熙笑道：「吃飯還會噎死，喝水也會嗆死，要不您別吃別喝了唄？陷阱設計不好是你的問題，又不是陷阱的問題。拉不出屎還怨茅坑啊？」

郁家少主氣得臉色發紅：「妳說話竟然如此粗俗……」

「話糙理不糙。」

說著即熙手裡的符咒畫好了，她啪地把咒貼在桌子上的茶壺上，對周圍的人說：「千鈞咒，你們誰試試看破咒。」

周圍的弟子紛紛圍上來想要提起茶壺，茶壺卻突然像是金製的般沉得不行，三四個人一起提都提不起來。

「你找我有什麼事情嗎？」即熙拍拍手站起來，跟郁少主說。

郁少主看了看院子裡眾多弟子，咬牙道：「借一步說話。」

喲，來的正是時候，她正好不痛快。

「好說。」即熙轉頭，對織晴、晏晏和蘭茵說：「來，咱們去會會他。」

郁少主出了授學殿外，拐了幾個彎站在一個僻靜角落，轉身看向即熙再看看跟在後面的織晴等人。他拿出自己的劍，只見那劍柄上貼著一枚細小的樹葉，樹葉上隱隱約約有符咒的痕跡。

「夫人，這劍上的封劍咒可是您放的？」

「是啊。」即熙乾脆俐落地承認。

「夫人為何如此針對我？請夫人解咒！」

即熙抱起胳膊，笑道：「你真以為我沒發現，你在我身上放了竊聽咒？我破得了你的咒，你破不了我的咒，倒裝得可憐巴巴來求我了？」

即熙從腰間掏出一枚紙人，丟給郁少主：「這符咒做得還算精巧，我覺得有趣，暫時不和你計較了。」

郁少主捏著紙人，面色一陣青白交加，辯解道：「休要胡言亂語，妳有什麼證據證明這符咒是我放的……」

即熙揉著耳朵走近他，笑咪咪地說：「算了吧大哥，咱們別欲蓋彌彰了。說實話我要是想針對你，就不光是封了你的劍，你能不能全鬚全尾地站在這裡都難說。這只是個小小的教訓。」

指尖在劍柄上一點，「叮」的一聲，符咒應聲而破，她拍拍郁少主的肩膀：「以後別來招惹我，還有睢安。」

即熙說這句話時壓低了聲音，氣勢驚人。郁少主敢怒不敢言，只能站在原地，看著即熙帶著織晴她們揚長而去。

織晴、晏晏和蘭茵哪裡見過這種架勢，紛紛說她好厲害又罵了郁少主幾句。

織晴疑惑道：「您讓我們跟著，是幫您做證人嗎？」

即熙搖頭：「不，我想讓妳們學習如何懟人。」

「……」

即熙回到授學殿時，弟子們之間爆發一陣驚嘆聲，一個青衣的少年坐在石凳上，指尖捏著正燃燒的即熙的符咒。

他成功破解了即熙的符。

晏晏「哇」了一聲，紅著臉捂著嘴小聲跟即熙說：「這是小戚公子。」

蘭茵不嫌事兒大地補充道：「也是晏晏姐心裡的如意郎君。」

那青衣少年見即熙來了，起身向即熙行禮。他氣質有些冷淡，眉目間沒有笑意，只是禮貌地說道：「夫人好，在下戚家戚風早。」

即熙馬上回憶起他是誰。

這星卿宮的星君們似乎都有喜歡撿人回來的毛病，雎安撿了她回來，沒多久柏清外出遊歷，又撿了個兩三歲的小男孩回來。

但柏清沒把他留在宮裡，而是送去給著名的修仙世家青州戚家收養，戚家給他起名戚風早。他從小就個性冷淡怕生，只喜歡黏著柏清，每次到星卿宮做客，總是像柏清的影子似的，寸步不離他。

她那時有些嫌棄戚風早，覺得他柔弱又黏人，怎麼看柏清撿人的眼光都比雎安差許多。

一晃許多年，戚風早長成翩翩少年郎，而且看起來在符咒上很有天分。即熙對美人一向十分寬容，看見戚風早如今玉樹臨風，馬上就不嫌棄了。

參加慶功宴的仙門百家已經陸續離去，各門各家都留了一些弟子下來，聽星卿宮講學授道，算是外門弟子，不能參加大考也不能進入封星禮，戚風早就是其中之一。

但是五個月後星命書封完星君，照理年滿十八歲的內門弟子就要退籍離宮，新弟子要開始入門，這可是三年一遇的機會。

仙門百家在此刻留下弟子聽學，無非是想混個臉熟，來年能正式拜入星卿宮門下。每逢封星禮前後，這種事情都會變著法兒的來。

即熙突然想，如果她衣櫃裡可憐的青梅竹馬能醒過來，這倒是一個很好的偽造身分的時機。

思薇看著坐在椅子上的賀憶城，這個男人像是在自己家裡似的，捏著一碟茶糕吃著，邊吃邊說：「你們這茶糕用的茶也不錯，但是跟我們懸命樓比差遠了。」

這是她一時衝動救回來的人，現在卻不知道要如何處置了。

紅衣賀郎——賀憶城，懸命樓副樓主，他也是天下聞名的人物。禾枷極少露面，凡是要拋頭露面談生意的活兒，都是賀憶城來做。相比於面目模糊的禾枷，在很多人心裡賀憶城才是懸命樓的象徵。

他年輕，英俊風流，精明。

他的客人們對他又愛又恨，他撩撥的女人們也對他又愛又恨。聽說梁州的名妓，各個都是他的紅顏知己。

他是一個輕浮又貪財的人，空有一副好皮囊，卻也是即熙最好的朋友。

見思薇看著自己，賀憶城撐著下巴回望她，調笑道：「就算我長得好看，妳也不能一直看吧。」

話音剛落他就被思薇的書迎面暴擊，思薇冷笑一聲，說道：「吃你的茶糕！」

賀憶城揉著鼻子，不知死活地說道：「妳愛打人這點，真像即熙。」

思薇愣了愣，他又嘆息一聲，說道：「雖然我早有心理準備，但是即熙去世這事兒，感覺還是很不真實。她還說要出錢幫我開青樓呢，唉，真可惜。」

「……」

思薇揉揉太陽穴，不想看見這個煩人的傢伙。

「你打算什麼時候走？」

「走？開玩笑，我為什麼要走？」賀憶城咽下最後一個茶糕，抱著胳膊道：「這裡好吃好喝，還有美人相伴，除了衣櫃我躺著窄了點，其他都特別舒服。」

思薇忍無可忍，站起來活動筋骨，賀憶城立刻警覺地站起來，繞著桌子遠離她。

「君子動口不動手啊！妳可是堂堂星君，妳不能欺負一個手無縛雞之力的病人啊！」

「疼疼疼！我錯了我錯了……大小姐、姑奶奶！我錯了。」

思薇還沒怎麼動他，只是把他壓住摁在地上，賀憶城就完成了從勸說到投降的全流程。

她心說一個大男人武功不行居然還這麼嬌氣，她都沒使勁還嚷嚷著疼，紅衣賀郎就是這麼個玩意兒？

思薇冷哼一聲鬆開手，剛想要站起來，賀憶城卻突然絆住她的腿，思薇沒提防，重心一個不穩摔在賀憶城身上。

他身上有淡淡的香氣，正是她櫃子裡衣物被子的薰香。

賀憶城哈哈大笑攬住思薇的腰，眨眨眼道：「我摔在地上可比妳摔在我身上疼多了，別動不動就動手，多不文雅。」

「你這登徒子……」思薇準備直接打死這個不知天高地厚的傢伙。正在這時，門突然被打開，一個清脆歡樂的女聲傳來：「思薇啊，妳藏的那男人他醒……」

賀憶城轉頭看去，便見到門口站著個江南氣質的大美女，她正目瞪口呆地看著地上交疊的他們，看著賀憶城攬住思薇腰的手，漸漸柳眉倒豎。

賀憶城有種不祥的預感。

「你小子！你是吃了熊心豹子膽！」即熙直接把思薇從賀憶城身上扒拉開，賀憶城靈活地滾開躲過了即熙的攻擊。

思薇覺得即熙的語氣有點奇怪，又說不上哪裡奇怪，只能拉著即熙說：「不是妳想的那樣。」

即熙直接把她和被賀憶城迷惑的姑娘們劃為一類，一甩胳膊道：「妳別被他的花言巧語騙了！」

然後她轉向賀憶城，提著裙子圍著桌子追著他跑：「你丫的給我過來！誰給你的膽子啊，看到好看的就忍不住啊？思薇你也敢碰啊！」

賀憶城圍著桌子逃，邊逃邊喊：「是她壓在我身上！我冤枉啊！」

「你冤個屁你冤！你的手都放在她腰上了，難不成思薇強迫你放的？」

「我……那是她跌倒了，我扶她一下！」

「跌倒？這麼正好跌在你身上？不是你絆的？」

「……這是我絆的，但是……」

「好啊你小子，你今天死定了！」

兩個人圍著圓桌子你追我跑，一陣混亂之後，思薇好不容易才讓他們兩個安靜下來，道明原委。賀憶城和即熙分坐在桌子的兩邊，如楚河漢界一般。

賀憶城揉著被打得青紫的下巴，委屈地皺著眉道：「思薇說的妳總該相信了吧。」

即熙白了他一眼。

「師母，妳為什麼……這麼生氣？」思薇有些迷惑地問，她剛剛的架勢簡直跟護著雞仔的老母雞似的。

即熙不假思索地回答：「什麼為什麼，我是妳師母，怎麼能讓妳被別人占便宜！」

見即熙如此理直氣壯，思薇將信將疑。她又看了賀憶城一眼，再轉向即熙：「妳認識他嗎？妳看起來和他很熟。」

「我看起來和誰不熟？我第一次見妳也挺熟的，我就不是個客氣的人。妳既然說到這裡了，他到底是誰啊？」即熙指著賀憶城，無比自然地質問道。

思薇回憶起這位師母一連串出格舉動，心想她說的……也有道理。

她當然不會說出賀憶城的身分，於是岔開話題道：「妳來找我有什麼事？」

即熙沉默了。

她來找思薇，好像是……來幫賀憶城在星卿宮搞個身分的？

她慢慢轉過頭去看著正揉下巴的賀憶城。結果她還沒來及幫他，就先把他揍了一頓？

即熙有點心虛地清了清嗓子，決定先挑起這個話題再循循善誘。

「我就是想來看看，妳藏的這位公子醒沒醒，需不需要我幫忙。」

思薇懷疑地看了即熙一會兒，說道：「我想著把他送走，白日裡人多，夜裡又有門禁，妳有沒有辦法？」

即熙剛想說話，賀憶城拉住思薇的胳膊，哀號道：「思薇姑娘，妳看我剛醒過來身體這麼虛弱，妳忍心就這麼把我丟出去嗎？」

「我……」

「妳給了我祝符我才醒過來，妳現在放我出去，我身無分文，又沒有一技之長，若不是當街乞討就得偷雞摸狗，到時候做了惡事反噬了妳怎麼辦？妳要是收回祝符，我又暈了，妳這麼善良的星君怎麼能做這麼殘忍的事情呢，對不對？救人救到底，送佛送到西，妳就讓我多留一段時間吧！」

賀憶城雙手搖著思薇的手，他臉色蒼白，下頜青紫，看起來真有那麼點兒可憐勁兒。加上語氣感人肺腑，眼神真摯誠懇，很難不讓人動容。

即熙對賀憶城太瞭解了。他演技高超，舌燦蓮花，能把那久經風月的名妓們哄得團團轉，這點表演不在話下。他多半是身上真的沒錢，在開闢出一條財路之前準備先賴上思薇。

思薇「啪」的甩開賀憶城的手，又驚奇又憤怒道：「你知不知這裡是什麼地方？仙門百家在此，你只要被他們發現了就是死！我憑什麼幫你護你？我能放了你就算仁至義盡了。你要是敢作惡反傷我一次，我立刻撤回祝符。」

「妳這麼善良的星君大人，怎麼會不護著我呢？」賀憶城開始拍馬屁。

即熙自斟自飲了幾杯花茶，見二人已經你來我往了一回合，便慢悠悠地提出賀憶城身上有思薇的祝符，決不能輕易放他離開。

賀憶城探究地看了即熙一眼，附和道：「這位夫人說得對啊。」

即熙於是趁熱打鐵道：「我剛剛遇見了小戚公子，他要在宮裡學習一陣。我突然想到，要不也讓這位紅衣公子認妳做個師父，給他個外門弟子的身分好了。」

即熙終於把話題引到她想說的地方，而思薇不出意料露出驚訝嫌棄的表情。

「什麼？他年齡比我大，而且他也不至於沒骨氣到要拜我為師……」思薇話還沒說完，賀憶城的奉茶已經送到她手邊。

「師父在上，受我一拜！」他流暢地鞠躬行禮。

思薇的話卡在喉嚨裡，僵硬地看著賀憶城的髮頂。

賀憶城嘆息一聲，抬頭笑起來，露出淺淺的酒窩：「骨氣又不能當飯吃。」

在不要臉這方面，即熙必須承認賀憶城已經達到了登峰造極的境界，她甘拜下風。

入夜之後，皎潔月光透過紙門落在地上，空氣裡細小的塵埃清晰可辨。賀憶城躺在衣櫃裡，拉開櫃門朝著對面床上紗帳裡，那個模糊的人影說：「大小姐，妳真的要趕我走啊？」

思薇白天義正辭嚴地拒絕了賀憶城的拜師請求，並且把他罵得狗血淋頭。

「你再說，我就把你交給仙門百家，讓他們把你殺了。」那個人影語氣硬邦邦地回答。

賀憶城枕著胳膊，望著漆黑的屋頂感慨道：「唉，也是啊。在這個星卿宮裡，我遇到誰都是死路一條，能依靠的只有妳。妳要趕我走，我只能走啊。我真是形單影隻，孤苦伶仃。」

思薇安靜了一會兒，說道：「你去找你的家人就是了。」

「還是算了吧。我是私生子，我娘是通緝犯，我六歲她就帶著我投奔懸命樓了。如今她早就去世我爹不巧也已亡故，正室家的哥哥橫豎看我不順眼，沒要我的命已經很好了。」

「你少裝可憐。」思薇不為所動。

「原來妳也覺得我的身世很可憐啊，考不考慮留我多住一段時間？」

「閉上你的嘴睡覺！」

賀憶城哈哈笑起來，在思薇發作之前乖乖地保持沉默。

第七章　禁步

夜半時分，思薇發出一聲驚呼醒了過來，衣櫃立刻被推開，賀憶城慵懶帶著睡意的聲音傳來：「怎麼了？大小姐做噩夢了？」

思薇支起身子坐起來，撫著胸口平復著呼吸，賀憶城悄無聲息地起來下地，走到她床邊問道：「妳沒事吧？」

思薇嚇了一跳，看著紗帳外模糊的人影，聲音有些發抖地說：「你……你走路怎麼沒聲音？」

「我武功不行，但是輕功挺好，走路自然沒聲音。」賀憶城偏過頭，看了思薇一會兒，笑道：「我剛剛嚇到妳了，妳以為我是什麼？鬼？」

思薇的身影僵住了，她色厲內荏道：「沒有。」

「原來妳怕鬼啊，剛剛做夢夢到鬼，嚇醒了？」

「沒有！」思薇有些惱羞成怒。

「哈哈哈哈，堂堂巨門星君，居然怕鬼，應該是鬼怕妳才對吧？」賀憶城一邊笑一邊撩起衣擺席地而坐，背靠著思薇的床邊：「妳放心，我身體這麼弱，鬼來了也是先抓我。我在這裡坐著，等妳睡熟了再回去。」

紗帳裡的人影轉向賀憶城的方向，她好像看了賀憶城很久，然後躺回床上蓋好被子，說道：「這是你欠我的。」

「是，我也沒邀功。」賀憶城笑嘻嘻地說。

思薇沉默了一會兒，轉過身去背對著賀憶城，閉上眼睛在一片黑暗裡聽到他規律的呼吸聲。

這樣的話，即熙也曾經對她說過。

她從小就怕黑怕鬼，當她和即熙還住在一起的時候，夜半她被噩夢驚醒，連帶著把即熙也吵醒了。聽了她的噩夢，即熙揉著眼睛打著哈欠把自己的床推過來，和她的拼在一起，躺在她身邊說道——妳這細胳膊細腿的，鬼都嫌棄，祂們來了也是抓我不抓妳，妳安心睡吧。

即熙很奇怪，她明明是個天馬行空離經叛道的人，卻會讓人覺得可靠。

思薇聽著賀憶城的呼吸聲，低聲道：「兩個月，你只能在這裡待兩個月，然後你就滾。如果你敢動什麼歪心思，我立刻殺了你。」

賀憶城暗自笑起來，他轉頭望向紗帳裡那個模糊的身影。這個驕傲的姑娘背對著他，說著彆扭的狠話。

「多謝思薇姑娘啦。」

已是深秋，還有晚開的桂花和錯落的金色銀杏樹葉，與深紅的牆面交映成美麗的圖景。織晴、晏晏和蘭茵從授學殿出來，轉過牆角的山楂樹，再轉過一棵橘樹，走上一條鵝卵石鋪的石子路。

穿過一道圓形拱門之後，就看到楓葉間佇立的紫薇室。織晴上去敲門，聽見門後傳來一陣手忙腳亂的收拾聲音。

沒多久，一個透著心虛的女聲傳來：「誰？」

「是我們，織晴、晏晏和蘭茵。」織晴答道。

門後的人鬆了一口氣，只見門被打開一條小縫，即熙從門後探出頭來：「海哥不在吧？」

「海哥？」

「就是阿海，阿海沒跟著妳們吧？」即熙警覺地四處觀察。

織晴她們懵懂地跟著環顧四周，並沒有看見阿海的影子。即熙把門打開讓她們趕緊進來，這鬼鬼祟祟的架勢極為可疑。

姑娘們不由得緊張起來，蘭茵問道：「師母，發生什麼事了嗎？」

即熙讓她們圍著桌子坐下，說茶水自便，然後從抽屜裡拿出一塊布來：「也沒什麼，我給禁步換個繩兒。」

她打開那塊布，裡面的玉製禁步上雕刻著富貴萬年的圖案。繼第一次偷取失敗之後，她再試了一次終於拿到它。

織晴瞪大眼睛，捂著嘴巴道：「師母……妳偷了睢安師兄的禁步？」

「這怎麼能叫偷？我給它換個繩子就放回去，馬上弄好了！」即熙做出噓聲的手勢，小聲爭辯道。

「那睢安師兄知道嗎？」

「……不知道。但是我馬上就放回去，他根本察覺不到的。我這人做好事不留名，妳們別說出去啊。」

即熙說著坐下來，戴好頂針拿起鉤針，把穿了一半的絲製金線往外勾，動作十分熟練。

織晴她們本來是找即熙請教符咒課業的，此時只能等即熙先把禁步弄好，她們圍了一圈看即熙穿針引線把那些玉片鈴鐺連接在一起。

織晴有點擔憂地說：「師母，妳可要快點放回去，師兄很珍惜這禁步的。」

即熙一邊穿線一邊漫不經心道：「也不見得吧，他都不戴在身上。」

「以前師兄天天戴著，那時候師兄遠遠走過來就能聽到鈴鐺的輕響，宮裡的弟子們見睢安師兄佩禁步氣質卓然，都爭相模仿，也在禁步上掛金鈴鐺呢。」

即熙心情有點複雜地抬起頭，說道：「是嗎？」

當年她做好這個禁步時，誰都嘲笑她掛金鈴鐺太俗氣，結果她走之後金鈴鐺居然風靡成了「氣質卓然」的象徵？

睢安真是身體力行發揚她的審美。

「那他後來怎麼不戴了？」

織晴嘆了一口氣，說道：「三年前師兄失明，日常活動很不適應，總是跌倒摔跤，他怕把這禁步摔壞了，才收起來的。」

即熙的手頓了頓。

「他跌倒摔跤？」

「是啊，師母現在看到睢安師兄舉止游刃有餘，那不知是多少日子練習的結果。不過說來奇怪，我覺得剛失明那陣子，其實睢安師兄挺開心的，一點兒也不難過。」

丫的哪塊地磚摔了他，哪道臺階絆了他，居然敢讓睢安受傷，她要去把它們都撬了！

織晴沒察覺即熙的憤怒，只是托著下巴感慨道。

蘭茵疑惑道：「開心？睢安師兄失明了，怎麼會開心呢？」

晏晏想了想，豎起手指：「啊我想到一種可能，是不是三年前熒惑災星原本就要咒殺師父，師兄替師父挨了詛咒，因為成功救了師父而開心呢？」

「有可能哎。」織晴附和道。

面對這甩不掉的黑鍋，即熙忍不住翻了一個白眼：「有可能就有鬼了！妳們別瞎猜，實在沒事就幫我放個風，看阿海在不在附近。」

織晴說阿海現在應該忙著捉鳥兒，寬慰即熙放心。睢安師兄一直照看著授學殿外的那棵山楂樹和橘子樹。阿海也會幫忙，他常捉一些吃害蟲的鳥兒過來，監督那些鳥兒捉樹上的害蟲。

即熙不由對那些鳥兒生出一些憐憫，牠們被阿海嚇壞了吧。

「所以師母妳別去摘那棵山楂樹上的果子了，大家都知道那是睢安師兄精心照顧的樹，果子成熟時師兄自會去收集，旁人都不會去摘的。不過橘子樹結果了，師兄會分給大家。」晏晏勸道。

即熙一邊點頭一邊把線打好結，心想睢安這些年變化很大啊，變得這麼喜歡吃山楂了？他不是更喜歡吃橘子麼？

蘭茵驚訝地看著即熙手裡的線結，湊過來仔細研究：「師母妳好厲害啊，連打結方式都復原了。我以前看到這個禁步時，覺得這種結很特別很少見，問了好久才知道是醫者經常打的結。」

即熙嘖嘖兩聲，笑道：「這結不好打，我小時候有個要好的賀姓大娘，她是個醫者，這是她教我的。」

終於把禁步重新穿好繩子，即熙仔細地包好收進懷裡，然後快速解決了織晴她們請教的符咒問題。即熙很想像開始那樣鬼鬼祟祟地把織晴她們送走，但是剛打開門走出去，她就感覺到一陣大力抓住她的肩膀往上一提，她的雙腳頓時無力地懸在空中。地面上越來越小的織晴、晏晏和蘭茵發出驚呼，即熙胡亂撲騰著喊道救命救命。

不用猜，她被阿海逮住了。

天生神力的阿海提著即熙，在山林間悠哉悠哉地轉了一圈才把她丟在授學殿外的橘子樹旁——雎安的面前。

只要樓層高度超過三樓，就連欄杆都不會去靠一下的即熙已經完全懵了，站起來時險些沒再摔一下。

雎安扶住了她，皺眉對阿海道：「你怎麼對師母如此無禮……」

站在雎安肩膀上的阿海鳴叫兩聲，不屑地用喙指指即熙。雎安的話停了停，然後平靜地問道：「我的禁步，是您拿走的？」

即熙下意識反握住雎安扶著她的那隻胳膊，一邊順氣一邊解釋道：「我就是……看見它繩子快磨斷了，給你換個新繩子，我真的想換好就給你放回去的。」

她另一隻手從懷裡掏出那塊包著禁步的布，放在雎安手心裡。

雎安低眸小心地打開那塊布，摩挲著重新穿好線的禁步。他白皙的指尖在白玉上拂過，帶動金鈴鐺輕響。他似乎怔了一下，然後抬起頭，空濛的眼裡映出即熙的樣子，他說道：「妳……」

即熙緊張地舉起手發誓，一時忘記他根本看不見她的手勢。

「我發誓我沒拿走你一塊配件啊，你好好數數，跟原來一模一樣的。我清清白白。」

雎安沉默著，他的目光落在即熙的臉上，認真得彷彿想看見她現在的模樣。他的眼裡翻湧著讓人看不懂的，驚濤駭浪般的情緒。

第八章　師友

阿海又叫了幾聲，即熙知道牠肯定沒好話，忐忑牠看看牠又看看睢安。睢安卻淡淡笑起來，彷彿那些莫名而起的情緒轉瞬即逝。他從那棵樹上摘下一個橘子，轉身對即熙說道：「謝謝妳。」

即熙接過橘子，心裡放鬆了不少，笑道：「別客氣別客氣……哇這個橘子好好吃啊。」

她邊說著就吃上了，睢安問道：「不酸嗎？」

「一點兒也不酸。」

他安靜了一瞬間，微微低頭笑起來。他的眼神很空，像是雨後石板上薄薄的一層水，光只能進去很淺的深度就觸及到石壁，但是溫潤，溫柔。

睢安把禁步重新戴在腰間。他一身白衣，配著白玉金鈴鐺，站在紅牆和銀杏之間，長髮和衣帶隨風飄拂，鈴鐺輕響。

即熙看著看著，忘記吃手裡的橘子了。

果然是天人之姿，氣質卓然。

即熙看向旁邊這棵橘子樹，還有不遠處那棵山楂樹。這兩棵樹是同時種下的，現在都長得這麼好，結了無數果子。

當年她總是學不會控制力量，比武就傷人，畫符就被反噬。柏清師兄說她心浮氣躁，天天嚷嚷著「靜則神藏，躁則消亡」，讓她修身養性。她從外面撿了彼時剛斷奶的冰糖，柏清不同意她把這樣的凶獸養在宮裡，說狼的凶性會影響她的身心。

但睢安說服了柏清，讓即熙來撫養冰糖。不過有一個條件，養冰糖的同時即熙也要種一棵樹，從幼苗開始養起，如果她養死這棵樹就得把冰糖送走。

即熙當時心想，養一棵樹有什麼難的？就大大方方地同意了，她喜歡吃山楂自然要求種山楂樹，就在授學殿外這個角落辟了一塊地方，專給她種這棵樹。她還跟睢安說，讓睢安也種一棵，到時候他們比比誰種的好。

睢安笑著同意了，他問她種什麼樹好，她那時候剛學到〈橘頌〉，覺得那詩文簡直就是為睢安寫的，便說：「我覺得『蘇世獨立，橫而不流兮』很配你，不然你種橘子樹好了。」

睢安愣了愣，然後輕輕笑起來，說道：「好吧。」

那時的即熙完全忘了，星卿宮在青州位於淮北，這裡根本不適合種橘樹，她的要求簡直是為難。但是睢安還是答應下來，也不知道用了什麼方法把這棵橘樹養得很好，居然成功結了甘甜的果子。

他肯定費了很多心思，就為了她這樣一個心血來潮，近乎無理的要求。

她從沒想過養一棵樹是這麼麻煩的事情，它站在那裡不動，颳大風不能躲，蟲子咬不能打，長不好了也不會說。每季都要澆水施肥，剪枝捉蟲，需要極好的耐心，仔細的觀察才能讓它好好長大，這棵樹第一次結果子時，即熙激動得都要哭出來了。

後來在她越來越能游刃有餘地控制自己的力量，不再會隨便傷人，符咒也不會隨便變惡咒時，她才慢慢明白睢安的用意。

他不僅想磨煉她的耐心，更想讓她知道她遇到的每個生命，在來到她面前之前，已經經過了漫長不易的歲月。

他想讓她學會珍惜。

睢安不像柏清師兄一樣，會把這些話掛在嘴邊，但是即熙每次意識到這些道理時，這些道理已經融進了她的骨血。

「願歲並謝，與長友兮。
淑離不淫，梗其有理兮。
年歲雖少，可師長兮。
行比伯夷，置以為像兮。」
願歲並謝，與長友兮。
年歲雖少，可師長兮。

思薇答應賀憶城留下來之後的第三天夜裡，月上中天之時，昭陽堂外突然傳來三聲輕輕的貓叫。

衣櫃悄無聲息地打開，賀憶城看了正熟睡的思薇一眼，輕手輕腳地推開被子下地，安靜地輕輕推開門走出去。

貓叫再次響起，賀憶城根據貓叫的方向找到那一處牆角，隔著牆角輕聲問道：「妳究竟是誰？」

牆外的人嗤笑一聲，答道：「是你大爺。」

「……」

賀憶城揉了揉太陽穴，就看到圍牆上出現個人影，那天的江南美女爬上圍牆坐著，晃著腿道：「思薇在院四周設了符，我要是落在牆內的地面上她就會察覺，同樣你要是走到牆外的地面上，她也會收到警報。」

於是賀憶城也爬上了圍牆，和即熙並肩坐在牆上，一個朝裡一個朝外，不下地就沒事了。

即熙把一個紙人「啪」地貼在賀憶城身上，解釋道：「隱身用的。」

賀憶城看看紙人，再看看眼前這陌生的美人，感嘆道：「還真是妳，妳沒死？妳這張臉是怎麼回事，師母又是怎麼回事？」

「說來話長。」

即熙簡單解釋了她從中箭身亡到現在的一番奇遇，賀憶城瞪大了眼睛驚訝這世上還有這種事情。

「幸好妳沒死，思薇她說妳的屍體現在在星卿宮，估計要葬在後山裡。我想我要給妳燒紙錢還得冒著生命危險潛入星卿宮，太難了。」

賀憶城感慨地上下打量即熙，眼前的姑娘烏髮如絲，鵝蛋臉遠山眉，鼻梁秀氣挺拔，唯有一雙黑白分明的眼睛隱隱透露出銳利之氣。

他說道：「妳可真是賺大發了，蘇寄汐長得比妳原來好看多。妳長著這張臉，說粗話怪彆扭的。」

即熙摸了摸自己的臉，笑道：「放屁，我哪個身體都是美人。」

他們是從小到大的交情，熟到肆無忌憚。兩個人嘴都貧得很，常常是正事說不上幾句，笑話先說了幾籮筐。

賀憶城屈起腿，手肘抵在腿上手撐著下巴，悠悠道：「所以妳真的咒殺了星卿宮前宮主嗎？」

即熙哼了一聲，沒好氣地說：「我殺他，你給我錢嗎？」

「那問命箭為什麼認妳為凶手？」

「大概是我不殺伯仁，伯仁卻因我而死。」

即熙說得含糊，賀憶城卻馬上明白過來她在說什麼，他皺著眉頭道：「……如果他是因為這個原因死的，應該一眼就能看出來才對。思薇說前宮主的屍體安然如睡著，沒有任何受傷的痕跡，這其中有人栽贓給妳。」

即熙點點頭，淡然自若地說：「是啊。」

她這麼淡然，並不是善良大度到被栽贓也不生氣，只是這種事情她——見得太多了。

降災、詛咒這些方式，如果得到了被咒人的生辰八字和貼身物品，就可以殺人於千里之外，不會留下任何證據，且可以做成任意死法。

比如她詛咒一個人走路摔跤頭磕在臺階上磕死，那也是可以的。人死之後就無法被驗出身負咒語，所以別人很難證明這人死於詛咒。

聽起來是很完美的殺人方式，但是它的弊端也恰恰是留不下證據，所以別人栽贓汙蔑她也不需要證據，誅心就好。

這人一直好端端的，怎麼就突發急病死了？一定是被詛咒了——諸如此類。

於是誰莫名其妙的死了都能賴在她頭上，自從她繼任懸命樓主之後每年背數不清的黑鍋，她早就能一邊嗑瓜子一邊笑看那些編造的故事了。

她很清楚，她即熙是什麼樣的人不重要，在世人眼裡她只是災星。

既然是災星，那自然是邪惡的。

即熙拍了拍賀憶城的肩膀：「栽贓我的人太多了，這位可能得排排隊。介於目前我還不知道他針對的是前宮主還是我，而且我也在暗處，就靜觀其變吧。」

賀憶城把目光挪到即熙身後昭陽堂的屋頂上，抬抬下巴示意那個方向道：「那思薇怎麼辦呢？她好像很想知道她父親是怎麼死的。」

那是自然，前宮主大人在思薇心裡份量最重，思薇一直非常想要得到他的認可。即熙看了思薇的房間一眼，搖著頭說：「她要是知道前宮主為何亡故，還不如以為是我詛咒的呢。反正她本來就很討厭我還總說希望我去死，正好如她的願。」

賀憶城沉默了一下，他覺得這兩個人之間大概有些誤會。不過「禾枷即熙」已經不在世上，追究這些意義也不大了。

即熙說起懸命樓破的那天，她把能帶走的細軟都分給了樓裡的人，跟他們說她若是無事有緣相聚，若她有事大家各奔前程。如今寶庫裡的財物被分給了梁州百姓，她和賀憶城一夜之間一貧如洗。

哦不，她還有蘇寄汐的嫁妝，還是星卿宮的師母大人，一貧如洗的只有賀憶城。

當即熙喜笑顏開地說出這句話時，賀憶城著實想上手掐死她。

賀憶城說思薇答應讓他留下來，他準備易個容在星卿宮待一陣子，再做打算。他問起即熙以後想要一直留在星卿宮裡麼，即熙連連搖頭。

「我現在身上仍然有熒惑星命，待久了遲早被發現。我打算進封星禮，再封一次貪狼星命然後名正言順地把冰糖帶走，就說下山遊歷。帶上嫁妝和冰糖找個地方購置產業另立門戶，看大家還想不想回來，我們繼續做這門詛咒人的生意，就說出現了新的災星嘛。」即熙計畫得好好的。

賀憶城聽明白了，她這是故技重施，再來一次「失蹤」。

「妳確定進了封星禮，就能再被星命書挑上？」

「我做貪狼星君時從未失格，星命書多半是很認可我的。嗨，它要是不封我，我就再找別的辦法唄。」

兩人你一言我一語聊得差不多了，臨走之前即熙指著賀憶城警告道：「你給我收起你那些花花腸子，思薇是正經的姑娘，你可不要欺負她！」

賀憶城默默地擼起袖子，白皙的胳膊上赫然幾塊青紫，看痕跡很新鮮。說實話，他一開始懷疑蘇寄汐是即熙，就是因為這被打的感覺——太熟悉了。而她的妹妹思薇，在這方面顯然隨了她姊姊。

即熙立刻面露憐憫之色，放下他的袖子，安撫道：「你多保重。」

賀憶城嘆息一聲，拍拍她的肩膀：「妳也是，妳還活著真是太好了。」

即熙眉眼彎彎地笑起來，皎潔月光下她撐著牆頂，抬頭看著遼闊星空，就像是無憂無慮沒有心事的少女。

「是啊，真是賺了。」

入冬之後不久的一個清晨，太陽剛剛升起，萬物尚且覆蓋著一層柔弱的光亮，濛濛亮像是沒有甦醒似的。可上章殿裡的甲級星君們已經齊聚，神色凝重。

上章殿中央有一樽青銅鑄就的方鼎，方鼎之中燃著四簇藍色火焰，無依無憑互不相連。其中南邊那簇火焰相比之下有些式微，而且十分不穩定，明明暗暗掙扎在熄滅的邊緣。

原本星君議事是七日一次，但因為事出緊急，這次一大早臨時加開。睢安從懷裡拿出一封符書，丟出懸於半空，書信上的字跡顯現。

「南方大陣渡厄燈損毀，三日後取出回宮修補，速求替換之法。」

睢安眼裡映著藍色的火光，淡然解釋道：「這是澤林加急傳回的消息。」

殿中所坐思薇、柏清、武曲星奉涯和天同星七羽看完了信，不由得緊張起來。

澤林便是外出未歸的廉貞星君。星卿宮在東南西北四方各布了一個大陣，以靈器珍寶為陣眼支持法陣，以監察四方煞氣動向，及時鎮壓淨化煞氣。

前不久南方法陣出現異動，法陣力量時強時弱，澤林受命去往南方查看法陣。如今看他傳回的消息，竟然是南方大陣陣眼渡厄燈遭到破壞，需要帶回宮修復。

「渡厄燈一旦離開，必定要新的靈器作為陣眼才可繼續支撐法陣。但目前宮中並沒有同種等級的靈器，只有向仙門百家借，可是這時間太緊了。」柏清憂慮道。

思薇點頭贊同地說：「這種等級的珍寶只有大的仙門才有，且是鎮門之寶，肯定不會輕易外借。我們去詢問勢必要經歷一番推諉，三日之內不可能借到。」

她有些煩躁語氣嘲諷，思薇總是覺得那些仙門獨善其身，很不可靠，以至於之前的宴會都沒和他們來往。

天同星君七羽一向樂觀，他試探著說道：「那就先關陣幾日，待修好渡厄燈再重新開啟，幾日之內不見得積聚起多少煞氣吧？」

「你想得太簡單了，一旦關陣陣中原本鎮壓的煞氣就會四散，最壞的情況是聚煞生魔。先前柏清師兄占星，星象顯示明年下旬南方大凶有難。如今還不到時間，但若放任恐怕真的釀成大災。」

睢安安靜地聽著堂下眾人發言，目光虛虛地落在地上。待所有人說完，還是沒有討論出什麼好的辦法，問題陷入僵局。

睢安微微一笑，眼眸抬起映著鼎上火焰。

「也不是全無辦法，渡厄燈做不了陣眼，我來做便好。」

此言一出堂下安靜，眾人皆驚。

自古以來不是沒有人做陣眼的先例，可人做陣眼要損耗元嬰，也就是其靈力之核。

柏清立刻站起來，有些激動：「睢安，你不會是認真的吧？南方大陣複雜龐大，你一個人撐得起來嗎？」

「我的元嬰天生與煞氣相剋，一物降一物，做陣眼未嘗不可。這樣吧，我們先試試看如何？」睢安不強硬辯駁，他從懷裡掏出一個紙人，兩指夾住，閉上眼睛。

他眼上的星圖發出銀色光輝，一滴血從他的眉間溢出飄落在紙人身上，紙人瞬間被染紅。

睢安睜開眼睛，將那紙人向火中一丟，紙人直奔南方那簇火而去，落於火焰之中迅速燃燒起藍色火焰。那簇火從羸弱的明暗不安的狀態迅速變得強盛，和周圍幾簇火焰無異。

「看來可行。」睢安的臉色只是稍微蒼白了一分，他淡然地笑笑，像是做了沒什麼大不了的事情。

思薇騰地站起來走到火邊，看看火焰再看看睢安，驚詫了半天才說道：「這……天機星的元嬰克制煞氣，居然能厲害到這種地步？」

南方大陣何等龐大，他居然一個人撐起來了，而且看起來安然無恙。

「撐不了太久，待澤臨把渡厄燈拿回來修好，再放回陣中，我便可功成身退了。」

睢安笑笑，柏清幾步走上去捏住睢安的脈，沒有察覺出異樣才稍稍安心地放手。

睢安拍拍柏清的肩膀，神情凝重下來：「可渡厄燈為何會無緣無故損壞？南方最近並無大災，它的損壞多半是有人有意為之，能進入南方大陣損壞渡厄燈，絕非等閒之輩。」

頓了頓，睢安說道：「十四年前，豫州叛軍以童男童女為祭，聚煞氣養魔，若魔主養成獲得靈識，便可以天下心魔為力量壯大。當時主謀者說他並沒有養出魔主，仙門也未查到魔主痕跡，最終只是淨化煞氣離去，但我當時一直覺得不對勁。」

柏清抬眸看著雎安，有些驚訝：「你覺得，其實魔主已經養成，而且隱匿在人間了？」

「這次的事情，和你占星的結果，我總覺得並不簡單。」

眾人面面相覷，就連一向樂觀的七羽都感慨道：「諸位，我們以後要打起精神來了。」

星卿宮弟子帶著賀憶城穿過亭臺樓閣，走到外宮客舍處，行禮道：「何公子，這就是您的住所。」

賀憶城行禮道謝，那弟子轉身離去。

他背著手在這「客三舍」的小院子外逛起來。思薇還是給了他一個身分，說他是她在外遇到的修士，與她有幾分交情於是讓他留在此處養好身體再走。

於是賀憶城易了容，以「何羿」這個名字成為星卿宮的客人，入住外宮的客舍。思薇百般警告他隱藏好自己的身分，還要他每天傍晚向她彙報這一天的行蹤。

賀憶城悠哉悠哉地一一答應下來。

星卿宮內外兩道宮門，內宮是門內弟子和星君們的住所，還有一切教習議事場所。

外宮是外門弟子和客人們居住的地方，雇傭師傅們的伙房洗房也在此處。

賀憶城剛在院外轉了一圈，就感覺到熟悉的冰冷陰鬱氣息，如同汙糟的流水舔舐他的脊背。他皺皺眉轉身說道：「別總跟著我！」

糾纏在他身後的一團黑氣在空中轉了幾圈，繼而退卻消散。

賀憶城看見黑氣退卻眉頭稍解，轉過身去準備繼續逛，不期然撞進一雙冷峻深黑的眼睛裡。

站在他面前的少年應該不過十五歲，還未長成故而個子不高，清秀英俊卻冷著一張臉，看起來不好接近。

「在下戚家戚風早，住三舍。」少年先行禮說話了，禮數還是周全的。

賀憶城也還禮，道：「在下何羿，也住三舍。」

少年直起身，探究地看著他，說道：「何公子似乎很容易吸引鬼魅邪祟。」

太昭山靈氣重，適合修習但也吸引鬼魅妖邪，內宮中陣法眾多祂們不敢接近，外宮陣法的力量減少許多，但是鬼魅一般也不會踏入。

鬼魅邪祟冒著灰飛煙滅的風險進入外宮跟隨這個何羿，十分奇怪。

賀憶城不動聲色地笑起來，大大方方說道：「是啊，我自小體弱多病，生死關頭來來回回好幾次，陽氣不足陰氣重，自然吸引鬼魅邪祟，早已經習慣了。」

戚風早定定地看了他一會兒，似乎在判斷他話語的真假。賀憶城卻自顧自地繞過戚風早，繼續逛他的院子，擺擺手輕描淡寫地說：「以後請多多指教，我養好身體就走啦，戚公子。」

「您的這種體質，養得好麼？」戚風早冷冰冰地說。

「那也要養啊。」賀憶城已經走遠了，留下一句輕飄飄的話在半空。

賀憶城沿著三舍外的小路，溜溜達達隨意走著，穿過一道門就看見兩個衣著華貴的修士坐在石凳上聊天，看樣子是青州雲聲門的弟子。

他們話語中提到「戚風早」這三個字，賀憶城一想這不就是剛剛那個小公子麼？他向來喜歡並擅長聽牆角，於是輕手輕腳靠近他們，藏於牆邊。

兩人並未察覺，仍然自顧自地說著，高個子的少年相貌還算端正，只是面龐清瘦以至於顯得有些刻薄，不屑道：「你看見那個戚風早了吧？行禮的時候蜻蜓點水似的，我們論輩分遠遠在他之上，他居然這樣敷衍輕慢我們？」

稍矮的少年也稍微胖一些，顯出幾分油滑，他喝著茶嘆道：「人家是天才，十二歲進金丹境，馬上就要凝出元嬰了，他做的符咒連戚家家主都甘拜下風。眾人都說這般少年英才僅次於當年的天機星君，他自然傲氣。」

「切，什麼天才……」高個子少年煞有介事地環顧一下，靠近他的同伴小聲說道：「我之前偷聽我爹和戚家主談話，他們說戚風早小時候，天梁星君柏清給他算過一卦，說他是不祥早夭的命，他們都可憐他瞞著他。厲害有什麼用？還不是死的早。」

柏清精於占卜推命的名聲連賀憶城都有所耳聞，聽說從未失算過。他想起剛剛遇見的那個冷峻英俊的少年，不免覺得有些可惜。想著賀憶城就轉過頭去，卻被嚇了一跳。

戚風早正站在門對面的牆邊，看著庭中聊天的兩人。感覺到賀憶城投來的目光，他轉過頭來，淡淡地低聲說：「這是雲聲門的少主和四弟子，行事霸道不要招惹。」

戚風早這般冷靜的樣子，像是早就知道自己的命運了，戚家和柏清想瞞他，還是沒瞞住啊。

賀憶城想了想，覺得自己都聽見了，還是得安慰一下，於是說道：「我也有個命理不祥且早夭的朋友，但現在還活蹦亂跳開開心心地活著，你不必想那麼許多。」

戚風早看了他一眼，微微點頭。

進入冬季，星卿宮的弟子們換上了冬季宮服。黑底銀紋，繡的是水紋和形若遊龍的美人梅。

雖然即熙對金色的俗氣偏愛從未改變，心裡也不得不認可，設計四季宮服的那代宮主，一定是個絕頂風雅之人。

要是讓她來設計，大概會是災難，畢竟不是每個人都有睢安這樣的氣質，能撐得起她的審美的。

睢安穿起黑底銀紋的宮服，就像把一整片夜空穿在身上，有點冷寂神祕。但是當他笑起來，溫柔立刻沖淡這種冷寂，調和成一點微妙的距離感。

八分的溫柔耐心，和兩分疏離。

這是平常對著別人的睢安，但是當他們兩個獨處時，即熙覺得那兩分疏離感似乎淡了，近乎沒有。

他最近待她好像親近了些。

即熙撐著下巴看著桌子對面的睢安，他正在給她的天象曆法課收尾，將歷次大考側重的內容一一梳理出來。

她突然直起身，胳膊撐在桌子上湊近睢安的臉，倏忽之間他們的距離不足三寸，呼吸相聞。

睢安怔了怔，向後躲避：「師母？」

「別動！」即熙認真道。

他不再拉開距離，有些迷惑地停在原地。在這麼近的距離裡，即熙能看清他的臉上所有細節，鼻翼間細小的痣，皮膚上細微的紋理，生動得驚人。

他氣色比平時蒼白幾分，好像有點疲憊。她的呼吸拂過他的臉頰時，他的眼睛快速地眨動，像是有些不安。

即熙急道：「你別眨眼睛！」

睢安定住了眼睛，一雙溫潤帶水的眼睛迷惑地睜著，空濛如雨霧籠罩。即熙伸手碰到他的眼睫，他居然仍舊沒有眨眼睛。即熙捏著拿下來的飛絮，感嘆道：「差一點就被你眨進眼睛裡了。」

他身體還僵硬著，沉默了一瞬然後問道：「是我眼睛上有東西？」

「睫毛上掛了飛絮，我還以為看錯了，湊近一看果然是，睫毛太長了就是容易黏東西。這個季節還有飛絮也是神奇，你說是不是？」即熙拍拍手拍掉那飛絮，感慨道。

睢安低頭，然後輕輕一笑：「是啊。」

「繼續講吧，剛剛講到哪裡來著？」即熙看著已經翻的差不多的書。

睢安沉默了一會兒，摁摁額頭，難得一見地想了很久，才想起他剛剛斷在哪裡，又拿起筆講解。

「……這部分結束之後，下一門課業是卜卦推命。」睢安合上天象曆法書，抬眸望向即熙聲音傳來的方向。

那裡果然發出一聲哀號，然後什麼東西「咚」地砸在桌子上——應該是她的腦袋。桌子震顫不已，始作俑者毫無察覺，說道：「要是這門課學得好，下了山我都可以擺攤算命了。像柏清那樣，卜卦准得名揚四海，不管去到哪裡都是香餑餑。」

「是啊。其實這方面，柏清師兄比我厲害得多，他更適合來教妳。」

「別了別了。」

即熙對柏清習慣性有叛逆之心，他說什麼她都想找碴，他教的話她肯定學不進去。這門課其實是星卿宮內最受歡迎的課，畢竟誰不想預知命運呢？卜卦推命，雖然因為各人能力不同精準度差別很大，但是多多少少能摸到一點未來的輪廓。

但是即熙偏偏一點兒輪廓都摸不著，她對這門課沒什麼興趣，卜出來的結果錯得離譜。

她下巴磕在桌子上，抬眼看著雎安拿出卜卦用的銅錢，便說道：「你是不是總是卜卦問同一件事情？」

雎安的手頓了頓，他說道：「柏清告訴妳的？」

「嗯，之前阿海把我抓到你面前，好多弟子都看見了，柏清都來找我問明情況。」即熙回想起柏清如臨大敵的神情，不禁笑起來，說道：「放在旁人眼裡，溫柔知禮的天機星君居然派靈獸抓人，這人該和他多大仇多大怨啊？柏清一向喜歡操心，就怕我們之間有矛盾，擔憂得不行。」

雎安笑笑，並沒有言語。

「你在問什麼呢，卜卦結果是什麼呢？」即熙十分好奇。

雎安猶豫了一會兒，然後拿起三枚銅錢握在手裡，當著即熙的面開始起卦。即熙撐著下巴認真地看著，銅錢每次離開他修長白皙的手指，在桌子上叮噹作響，平息下來之後他再以指尖一一摸過，確認卦象。

「下乾上次是……水天需卦？而且全是少陰少陽，沒有老陰老陽，就是說變卦還是水天需。」即熙在腦海中搜尋她記住得為數不多的卦象，勉強解說到這裡，然後問睢安道：「你問的是什麼啊？每次都是這個卦象嗎？」

「嗯。水天需卦，等候機緣，不可深究。」睢安的聲音頓了頓，他把銅錢收好，低眸道：「我問的問題，是關於一個人。」

這個回答實在太模糊，撐著下巴的即熙偏過頭去，猜測道：「你是在找人嗎？」

「可以這麼說。」

「嗨，你想找人還不容易。現在你是星卿宮主，仙門百家和天下的修士們都敬重你，只要你提出請求他們必定全力以赴幫忙尋找，還愁找不到？」

「但這會打擾到那個人，或許她不願意被找到。」睢安微微一笑。

睢安的語氣太溫柔以至於即熙怔了怔，她低頭看著紙上畫出來的水天需卦，輕聲說道：「這個人對你很重要啊。」

「是，很重要的人。」

「但你顧忌這個顧忌那個，你怎麼找這個人呢？」

「世人皆知我在此處，若她想見我，自然會來。」

「那你就這樣等著？」

「嗯。」睢安把卜卦的書攤開放在桌面上，笑道：「我這個人，耐心還不錯。」

即熙看見睢安這樣輕描淡寫地說著，覺得有點心酸。他要找的這個人真是不識好歹，他怎麼能讓睢安等這麼久呢？他怎麼忍心呢？他就該麻溜地趕緊滾過來。

她以這種心酸的心情艱難地上完了這堂卜卦推命課，揉著發脹的腦袋抱著書離開析木堂。睢安把她送到門口，即熙看見蘭茵有些不安地站在門口的銀杏樹下，看見睢安眼神發亮又躊躇。

這表情，這狀態，她太熟悉了。

蘭茵叫了一聲掌門師兄，睢安想了想回應道：「蘭茵？」

他認出蘭茵的聲音，蘭茵激動得話都說不清了，一句「我有話對您說」說到舌頭打結。即熙向睢安告辭，拍拍蘭茵的肩膀，小聲鼓勵她一番，蘭茵感激地點點頭，然後以破釜沉舟的神情面對睢安。

即熙想，不出意外，她將第四十三次見到睢安拒絕別人的情意。

雖然拒絕是無法躲避的，但是勇氣還是可嘉的。

即熙抱著書拐過轉角，然後迅速靠在牆上偷偷看著站在析木堂門口的睢安和蘭茵。蘭茵仰著頭期期艾艾了半天，才豁出去大聲說道：「睢安師兄，我……我喜歡你。」

紛紛落葉落在睢安的肩頭，他低頭輕輕笑起來，神情溫柔無奈。

她驀然想起來，她像蘭茵這麼大的時候，好像也有過這麼一出。那時她剛過十四周歲生日奔十五去，和同門打賭輸了，同門罰她去跟睢安表白情意，七日之後才能告訴睢安這是假的。誰都知道她天不怕地不怕就怕睢安，即熙只覺得尷尬得恨不能以死代罰，但是願賭服輸，她不能丟了賭品，便硬著頭皮去找睢安。

那是個春日，睢安在落花繽紛之間練劍，在星卿宮裡睢安從不用不周劍，只用木劍。她站在梨花樹下等著睢安，看著他的青衫在白色花瓣間飄逸靈動地穿梭，身姿優雅得像舞蹈，卻招招精準致命。

看見她在樹下等著，睢安很快收了劍走到她面前，微微彎腰平視著她，問她：「怎麼啦？」

他脖頸上的汗滾落進衣襟裡看不見的地方，氣息不穩，喘息聲比平時大許多。伶牙俐齒的即熙突然覺得很慌，差點咬了自己的舌頭，斷斷續續地說：「睢安……師兄……我……那什麼……我喜歡你。」

睢安怔了怔，保持這個微微俯身的姿勢看了她很久。即熙感覺自己的臉熱得不行，差點忍不住直接告訴睢安這是她輸了賭局的懲罰。睢安卻笑起來摸摸她的頭，他眉眼彎彎滿目溫柔，在梨花繽紛間好看得像是一幅畫，他說道：「妳還小，這些事情等妳長大了再說。」

即熙聞言長長鬆了一口氣，忙說道：「好啊好啊。」

睢安是個極溫柔的人，她再也沒見過比這更委婉溫柔的拒絕方式了。既然她已經被拒絕，而且之後雎安待她一如既往並未改變，她也就忘記再告訴他這是個遊戲。

如今蘭茵也和她年紀相仿，估計雎安也會說——等妳長大了再說吧。

即熙趴在牆角邊，興趣盎然地觀察著。蘭茵說完之後雎安很快回應了，他說道：「多謝厚愛。不過對我來說，妳僅僅是師妹。」

蘭茵紅著臉小聲說：「我知道我平凡，不夠優秀也不夠好看……」

「不必妄自菲薄，在喜歡妳的人眼裡妳自然珍貴無比，只是妳還沒遇到這個人而已。拒絕的原因不在妳而在於我，抱歉。」雎安的語氣溫和而堅決。

即熙想雎安換了一種拒絕的話術，直白了很多卻還是很溫柔，看來是愈發熟練了。

蘭茵乖巧地點點頭，淚水漣漣，她說：「我知道了，我……我走了。」

說罷蘭茵轉身而去，雎安聽出來蘭茵的哭腔也沒有安慰她，只是安靜地待她的腳步聲遠去。然後抬頭面朝著天空，金燦燦的陽光溫暖地灑在他的臉上，他淡淡一笑，像是想起遙遠的往事。

阿海從遠方飛來落在他肩頭，他撫摸一下阿海的翅膀，然後回身走進析木堂裡。

很久以前，有個姑娘站在梨花紛飛裡，臉紅透了。她說雎安師兄，我喜歡你。

他馬上就猜到這是個賭局。

他拒絕過許多充滿熱情的眼睛，或者期期艾艾的情意。但是這句「我喜歡你」卻在他腦海中不停地迴盪，直到被不知從何而來的心跳聲淹沒，熱烈的感覺陌生到令人心慌。

他看著梨花落在她髮間，落在她淺綠衣衫的肩頭，看著她年輕而羞惱的眼睛，忽然不知道該如何發出聲音。

他知道這個年紀的女孩，熱情來的快去的快，很容易喜歡上什麼轉瞬又厭倦。

他也知道這個姑娘並不是真的喜歡他，她只是敬仰他，崇拜他。

可是她說喜歡時，他還是忍不住信了。

第九章　不周

在客舍住了小半個月，賀憶城覺得，他這個舍友可能是半個啞巴。

如果他不主動搭話，戚風早可以一整天不說一句話。而當他主動搭話時，戚風早則均以最簡短的語句回應他。賀憶城慢慢意識到，他們初見那一天他可能趕上了戚風早話最多的時刻。

賀憶城無比懷念溫香軟玉在懷的日子，再不濟其實思薇的衣櫃也不錯，思薇脾氣雖然不好，但是個美人啊。

他平日裡也不去跟那些弟子們一起上課，就到處晃悠思索下山之後的發財之道。這天正晃悠著，他在客舍後隱蔽的竹亭邊發現了上次雲聲門聊天的那兩個人。

這兩個人中，雲聲門的少主叫雲致，四弟子叫雲從，他們住在隔壁二舍。兩個人都是十四歲，在賀憶城眼裡這個年紀的小屁孩，最容易沾上自視甚高嚼人口舌的毛病。

顯然這兩個人病得不輕。

這次在亭中的還有一個賀憶城沒見過的少年，也差不多十四歲的樣子，穿著星卿宮弟子的黑色宮服，握緊拳頭雙眼冒火地看著眼前的兩人。

賀憶城輕手輕腳地靠近，以庭中樹木做遮擋，聽見他們的聲音。

「怎麼予霄，你想賴帳？當初誰說三年之內必做星卿宮榜首，不然就跪下來給我們磕十個頭的？現在你連通過大考都很艱難，你自己說的話不算數了嗎？」雲從抱著胳膊，挑著眉毛嘲笑道。

本只是個微胖的少年，加上這副神情，顯得油滑世故。

賀憶城心說修仙的人還能修成這樣？

那個被稱作予霄的少年眼神暗了暗，似乎無法反駁又不甘心，嘴唇都要咬出血來。

「我確實沒能兌現誓言，但我不跪你！你要殺要剮我都隨便，但是我不會跪你的！」他咬牙切齒地說道。

那少主雲致笑起來，語氣不屑地說：「怎麼，你爹是我父親的僕人，你爹跪我父親你跪我，這不是正好麼？小的時候你也沒少跪啊。」

「你不要欺人太甚！」予霄雙目充血，拳頭捏得咯咯作響。

「我欺人？那既然你說要殺要剮都隨我們，不跪也行，你站著讓雲從剮你三十刀，如何？」

予霄聞言臉色一變。

賀憶城心想，三十刀？不死也得殘了吧。

正在他們兩方對峙時，一個黑衣身影走到竹亭之下，戚風早不知道何時出現在這裡，冷冷地對雲聲門二人道：「星卿宮除了演武場外禁動刀劍，你們這是要做什麼？想被趕出去麼？」

雲從和雲致交換一下眼神，戚風早常來星卿宮，和星君們熟識，他們對戚風早有幾分忌憚。雲從悠悠發話：「予霄，既然戚小公子都這麼說了，那也不要你挨剮了，你直接跪地磕頭吧。」

予霄梗著脖子道：「不，我不！我除了師父、宮主和柏清師兄之外，誰也不跪！」

戚風早皺著眉頭看了予霄一眼，予霄正是激憤，對戚風早說：「戚公子莫管，他們愛剮便剮，我不怕。」

雲從嗤笑一聲，嘲諷道：「恐怕瞎眼的是天梁星君不是天機星君，當年居然挑你這麼個貨色進宮做弟子。」

他這話一罵罵倆，賀憶城想要是即熙在這裡聽見他這麼說雎安，估計得一蹦三尺高，給他施個惡咒。

雲從話音剛落，戚風早的眼神暗下來：「你居然這樣侮辱天梁星君？」

「我們可沒侮辱天梁星君，只是說他看走眼罷了。星君又不是真的神仙，還說不得了嗎？像我太祖父那般飛升，才是真正的神明！」雲致見戚風早語氣重，也提高聲音寸步不讓。

不用即熙來一蹦三尺高，這裡還有個和柏清要好的發怒了。眼見著戚風早要被捲進這場爭執裡，賀憶城揉揉太陽穴，從樹木後走出來，笑著走進這幾人之間。

「這是怎麼了？這麼熱鬧？」他笑嘻嘻地說著。

雲從和雲致不認識他，一時間有些警惕又疑惑地看著賀憶城。賀憶城自我介紹是巨門星君的客人，在此養病。

他輕鬆地說道：「予霄小兄弟此前發過誓，我看他也不像是食言的人，既然不願意磕頭，那就挨剮吧。星卿宮內禁動刀劍，那是禁止私鬥，單方面挨剮應該不算，戚公子你就睜一隻眼閉一隻眼，當做沒看見好了。」

戚風早深深地看他一眼，沒有說話。

予霄臉色發白，但是仍然硬氣道：「好，就這樣！」

少年意氣，寧死不肯低頭。賀憶城想，他在予霄這個年紀就充分懂得大丈夫能屈能伸了，這孩子還是太嫩，得吃吃苦頭。

眼見著雲從拿出刀來，賀憶城抬起手，做出笑臉：「且慢，兩位都是在星卿宮求學的人，沾上這種事端不太好，要不就何某來代勞吧。來日若我到青州，還請雲聲門的兩位多多照拂。」

他這般諂媚的架勢讓戚風早皺起眉頭，雲從和雲致一臉了然，雲從想了想擺擺手道：「那就有勞何公子了。」

賀憶城哈哈一笑道：「好說好說。」

戚風早這次沒有再阻攔。賀憶城從懷裡掏出一把精緻的短刀，刀柄鎏金鑲嵌紅寶石，刀刃極薄寒光閃閃。

那刀在他手上轉了幾轉，當真凶狠地捅進予霄的腹部，予霄悶哼一聲。賀憶城扶著他的肩膀拍了兩下，輕聲笑道：「得罪。」

傍晚時分，賀憶城端著一隻烤乳豬走進思薇的昭陽堂，她正怒氣沖沖地往外走，看見他便高聲道：「我正要找你！我聽說你……」

賀憶城目不斜視地端著烤乳豬走進思薇的房間，說道：「別急別急，進去慢慢說。」

思薇瞪著眼睛跟他走進屋裡，賀憶城好整以暇地將烤乳豬放在桌上，走回去把門關好，然後回身看向思薇。

思薇抱著胳膊，嘲諷道：「你幫著雲聲門的人欺負宮裡弟子，予霄挨了你三十刀血流不止都暈過去了，你居然還有心思叫廚房做烤乳豬？對了，你哪裡來的錢讓廚房加餐？」

賀憶城坐在桌子邊，將兩個錢袋丟在桌上，從懷裡掏出那把精緻的鑲寶石短刀，開始切分那隻烤乳豬，邊切邊說：「順手偷了雲聲門兩位弟子的錢袋，嘖嘖嘖，真是富裕人家。別擔心，予霄受傷只是樣子嚇人而已，其實是皮肉輕傷。少年人養個十天半月的，馬上又生龍活虎了。」

思薇一見那兩個錢袋子就想起即熙小時候出神入化的偷功，只覺得這兩個人不愧是一起長大，完全是一丘之貉。

「三十刀還皮肉輕傷？你……」思薇正想繼續譴責賀憶城，卻見賀憶城手下那隻烤乳豬被他完完整整地切出半邊骨頭，每刀精準得彷彿直插骨頭和肉間的縫隙，流暢得像肉自動剝落似的。

思薇驚住了，後面的話停下來。

賀憶城用短刀挑起完整的豬骨，望向思薇道：「庖丁解牛，妳知道的吧？我每刀的位置都是拿捏好的，避開所有臟腑險要之處，他只是受了輕傷而已。妳看妳沒有被我身上的祝符反噬，就證明我沒有作惡啊。」

思薇愣了愣，繼而皺著眉道：「庖丁解牛，那是在他已經殺過千百頭牛的經驗基礎上，你怎麼會對人體……」

越說她的表情越不對勁，懷疑地看著賀憶城，喃喃道：「你不會……」

「別亂猜了大小姐，我可不是殺人魔。」賀憶城拿手絹擦拭著刀刃上的油漬，笑道：「我娘是個醫者，尤其熱愛剖開人體觀察研究，我陪她偷過不知道多少屍體，看過不知多少次解剖人身，多少得了點真傳。」

「你娘是大夫？那她怎麼會被通緝？」思薇疑惑道。

「妳也該聽得出來，我娘是個怪異的大夫，治病救人手段非常激進。有一次她給別人治病，那人已經病入膏肓藥石枉然，她剖開人家的肚子切掉瘤子，但一個月後人還是死了。那戶人家名望很高，就說我娘開膛破腹故意謀殺病人，我娘就被通緝了。」賀憶城將短刀插回刀鞘，語氣輕鬆帶笑。

思薇眸光微動，她想問那個病人真是他娘害死的嗎？又覺得這個問題沒有答案，一個原本就快死的病人，誰能斷定他娘是給他續了命，還是加速了他的死亡呢？

「懸命樓的通緝犯犯的罪，都像你娘這樣嗎？」思薇問道。

賀憶城轉過頭來，突然湊近思薇的臉，看著她的表情，笑嘻嘻道：「妳心疼我啦？」

「……」

在思薇打他之前，他趕緊躲開來，正經回答她的問題：「當然不是，最多的還是殺人越貨的江洋大盜，大家都不是什麼好人，不過到了懸命樓就不能再作惡了，再犯事會被趕出去。」

「不再作惡？那他們之前的惡就一筆勾銷了嗎？你們包庇這些犯人，可想過死於他們手下的冤魂？你這般滿不在乎，便是同他們一起草菅人命！」

思薇看不下去賀憶城的嬉皮笑臉，只覺得這是多麼惡劣的事情，他居然笑得出來。

賀憶城眼裡的笑意淡了些，偏過頭看向思薇，笑著說道：「大小姐，妳挨過餓受過凍嗎？妳知道民生疾苦嗎？所謂的好人，有時只是一種高高在上的特權罷了。」

他靠在椅背上，一貫笑意盈盈的眼睛裡，頭一次有了冷冽的嘲諷。

思薇怔了怔，看著這樣一個讓人感到陌生的賀憶城，她沉下聲音道：「那些犯人害的不就是同樣疾苦的百姓？自己有難處所以去害人，這是什麼道理？法度何存？」

賀憶城抬眼看了思薇一會兒，臉上又浮現笑容，露出淺淺的酒窩。

「妳說的也對，妳是巨門星君，主是非，對妳來說是非對錯是最重要的。我們要麼是通緝犯，要麼販賣人命，自然是錯。」

即便是錯，他也不會改。

賀憶城撐著下巴，笑咪咪地看著眼前氣憤的美人。

他非常厭惡孤獨、陰冷、黑暗、糾纏他的那些東西。可是相比於那些，他更厭惡他母親被通緝之後，帶他投奔懸命樓之前東躲西藏饑寒交迫的日子。

他此生最厭惡的是貧窮。

捅刀事件後雲從和雲致被罰關禁閉，並且兩個月不得入內宮學習。他們很快意識到他們被賀憶城耍了，而另一邊的予霄養了七天傷就恢復得差不多，也知道受了賀憶城的幫助，暗地裡上門道謝。

賀憶城大手一揮說不必，還勸說予霄一番。君子報仇十年不晚，意氣用事要不得，保了面子丟了裡子，要想明白自己真正想要什麼。

予霄十分感激，連連答應道謝，這才離去。戚風早這個舍友一貫冷淡，看了他幾眼就沒說話了。

除了思薇再也沒理過他之外，一切都很完美。

雖然上次不歡而散，思薇還是踐行了承諾，沒把賀憶城趕走。但是他要是之後再想撒潑耍賴延長時間，恐怕是不可能了。

臨近兩月之期，賀憶城和即熙私下碰了個面，他說起這件事便無奈搖頭，感嘆自己怎麼這麼喜歡多管閒事。

冬日寒冷的月光下，即熙縮著脖子給手哈氣，邊哈邊說：「再有一段日子就過年了，你去求求思薇，別讓你大過年的流離失所唄。」

「就她最近對我的態度，我要是再多說一句話她能直接讓我過清明節。」賀憶城嘆道，他拉住即熙的手，可憐兮兮道：「我也不能重操舊業坑蒙拐騙，要是反噬了思薇，她收回我身上的祝符我又要犯病。事到如今，妳要是不把妳的嫁妝分我一點，我只能上街賣藝了。」

「嘁，知道了知道了，放心你下山前我會給你一筆錢。」她伸出手三根指頭在賀憶城面前比了比，狡黠笑道：「三分利，你有這筆錢當本金做生意，待我得封星君找你會合時，你可要連本帶利還我。」

「妳……這認錢不認人的傢伙。」

「親兄弟也要明算帳，更何況咱還不是親的呢。」

當年他們在懸命樓就是二八分帳，賀憶城負責談生意拿二，即熙負責實行拿八，即熙的八裡面還要分一半養懸命樓的人。帳目清清楚楚，誰的錢就是誰的錢，有借有還。

即熙正和賀憶城聊著，突然感覺到不遠處傳來一陣詭異的劇烈的煞氣。賀憶城也感受到了，他們停下話頭對視一眼，立刻分開然後各自奔向煞氣的來源。

星卿宮內陣法強盛，還能有這麼強的煞氣，怕是大事不好。

待即熙飛速趕到現場時，混亂的形勢印證了她心裡的想法，此番動盪的中心是——不周劍。遠遠就能看見不周劍上紅光大盛，透明的劍身融入黑夜之中，劍上細密的紅色脈絡此時越發妖異，膨脹躍動著如同心臟。

不周劍是凶劍，凶劍總是喜歡飲血的。

睢安只有在下山遊歷時會攜帶不周劍，回宮後是將它封印起來的。不知是誰破了封印把不周劍偷出來，卻反被不周劍裡的煞氣控制，失去理智四處傷人。弟子們將他團團圍住，但無人敢上前。

即熙撥開人群走到最前面，看見庭院中被黑氣籠罩的少年，從周圍人的議論聲中她知道了偷劍的少年叫予霄。

這個名字好生熟悉……不就是被賀憶城捅了三十刀的那位嗎？這到底是怎麼回事？

不周劍是何等神兵利器，任何人擁有了它都能瞬間功力大增所向披靡。這裡是弟子住舍，他們修為不足，所有試圖阻止予霄的符咒和人都被震飛。唯有戚風早的十幾道符咒形成結界，在煞氣中搖搖欲墜，雖然已經出現裂紋，但暫時牽制住予霄沒讓他大殺四方。

最可怕的是不周劍能引人心魔，煞氣激蕩之下越來越多的弟子雙目發紅，心緒不寧開始躁動。

即熙正欲衝上前時，那搖搖欲墜的結界終於破了，戚風早吐出一口血，一時間煞氣橫掃而來，眾人心中所有煩躁可怕的情緒一齊上湧。即熙趕緊先穩住心神，急急地畫了兩道符護住周圍弟子，減弱予霄身上激蕩而來的煞氣。

千鈞一髮之際諸位星君趕來，睢安一襲黑衣從空中降落，額上星圖光芒大盛，抬手間八道符咒做成，穩穩將予霄包裹在其中，煞氣瞬間斷絕。其餘的星君則先護住弟子們，他們也容易受煞氣影響，不能靠近不周劍。

即熙鬆了一口氣，睢安來了，就沒什麼好怕的了。

柏清趕過來扶起戚風早，心疼地罵道：「你幹什麼？不要命了嗎？」

「他偷了我的符咒，才破了不周劍封印……我趕來時已經晚了，對不起。」戚風早低眸輕聲道。

柏清愣了一瞬說道：「現在不是說這個的時候，你先調息修養。」

戚風早點頭答應。

予霄舉著不周劍發瘋似的破壞結界，劍上紅光如同火焰燃燒，可睢安的符咒巋然不動。睢安空茫的眼裡映著殷紅劍光，他走進結界中，一步一步走得很慢，腰間禁步墜著鈴鐺隨著他的步子發出清脆聲響，黑色衣裳拂過地面，他進一步煞氣便退卻一步。

睢安微微皺著眉，額上星圖光芒在黑夜中亮如星辰，他一字一句地說道：「你可知錯？」

語氣淡然並不憤怒，但是說出的每個字都帶著靈力，擲地有聲。

予霄手中高舉的不周劍不安地顫動了一下，隨著睢安靠近，像是感受到某種威壓般一點點放下，劍身上原本如烈火燃燒般的煞氣慢慢收斂，紅色脈絡收縮回去。予霄像是失去了支撐，雙眼迷茫地無力跪倒在地上。

睢安在予霄面前五步之遙站定，舉起手臂於身前，掌心向上，冷冷地說道：「既然知錯，立刻放開他！」

不周劍上傳來「叮」一聲響，彷彿打了個哆嗦，它在原地僵持了一瞬就脫離予霄的掌心在空中轉了三圈，落在睢安的掌中。

睢安握住不周劍的那一刻，結界內的煞氣煙消雲散。雲破月出，弟子們恍然清醒，一切尋常得彷彿這是個無事發生的夜晚。

睢安將不周劍歸劍入鞘，即熙懸著的一顆心終於放下。

他對一個橫行霸道的上古凶器說——你可知錯？那樣的神兵利器，立刻怕了。

即熙想，睢安對不周劍的掌控已經到這個地步，他才是不周劍真正的劍鞘。

睢安抬手撤了符咒，予霄幾近虛脫，恍然清醒過來，立刻拉住睢安的衣角惶恐道：「睢安師兄……我……我沒殺人吧？」

睢安搖搖頭，予霄鬆了一口氣，眼裡湧起悔恨後怕的淚水，癱倒在地。

即熙走近睢安，剛想問他這是怎麼回事，就見睢安轉過身對周圍的弟子們說道：「所有人留在原地，不要離去。」

弟子們茫然站在原地之時，睢安拿出紙人沾上自己的血，指向予霄然後向上一揮，衣袖翻飛間予霄眉心湧出大量黑氣夾雜著輕微的嘈雜聲響，隨著紙人升到半空。

那是予霄的心魔，他手握不周劍，短短時間內被激起深重的心魔，此刻被睢安的紙人渡出體外。紙人升到半空發出白色的光暈，在場所有人都如予霄一般，眉心湧出或多或少的黑氣聚集在紙人周身，就連即熙也不例外。

即熙意識到睢安想要做什麼，他要引渡心魔。

修仙之人最怕心魔，一旦被培養起來便難以減弱，別的修士會因此走火入魔，而星君則會失格。這些尚未被封星君的弟子們，則很可能因為這次意外被引出心魔而失去受封的機會。不周劍在睢安的管轄範圍之內，失竊他有責任，按照他的性格必定會負擔起所有後果。

他要引渡在場所有人被不周劍激起的心魔。

隨著黑氣越聚越多，那些黑氣裡發出的嘈雜憤怒哀怨的人聲漸漸高起來，如同噩夢混亂可怖，像是萬人斥責哭嚎。

睢安閉上眼睛做了幾個結印，那被吸引到紙人身上的黑氣開始朝他而來，順著他額上發亮的星圖湧入他體內。

天機星君如同海洋，是唯一能稀釋淨化汙流之處。

即熙咬著嘴唇站在他身邊，看著那些心魔源源不斷地彙聚在睢安身上，消失於他額上星圖之中，心裡難受得要命。待那紙人身上的黑氣完全消失，睢安慢慢睜開眼睛，眼裡一派沉寂安然，也不知是誰帶的頭，弟子們一個個跪下拜他：「多謝天機星君。」

謝什麼謝！不如不要給他添亂！

即熙在心裡氣憤道。

柏清、思薇、奉涯和七羽也來到雎安身邊，一貫樂觀的七羽都顯得憂心忡忡，更別說平時就擔心過度的柏清了。

七羽說道：「師兄，你還撐著南方大陣呢……此時引渡心魔，你受得住嗎？」

雎安笑笑，面色如常：「若我真的受不住，便不會這麼做。這次心魔數量多但都不強，需要一些時間來渡化。放心，我沒事的。」

一般來說雎安說沒事，就是真的沒事，不會有什麼差錯。

「師兄你，好強啊。」思薇看了雎安半天，只能說出這樣一句話。

雎安笑笑，讓他們安撫弟子，一會兒把予霄帶到上章殿，然後拿著不周劍轉身離去。他走過即熙身邊時被即熙牽住了袖子，即熙抬眼看著平靜從容，優雅如常的雎安，輕聲問道：「真的沒事嗎？」

「這種程度的心魔，我還渡得了。」

「但是你會很難受吧。」

雎安沉默了一會兒，微微一笑，夜幕中空闊澄澈的眼睛亮如星辰。

「只是會有點兒吵。」他低聲地，溫柔地說道。

第十章　祝符

上章殿上星君齊聚，予霄被帶到上章殿時神情由悲傷變得認命，他拜倒在地，對殿中站著的睢安說：「予霄多謝宮主引渡心魔之恩。」

睢安微微點頭，柏清恨鐵不成鋼地發問：「你一向勤勉努力，為何闖下如此大禍，偷盜不周劍！」

予霄身子一顫，背伏得更低了。

「我……」

他不知道能辯解什麼，該辯解什麼。

他出身低微，只是雲聲門門主家僕的兒子，當年柏清去雲聲門做客，挑中他入星卿宮做弟子。那時他為僕為奴多年的父母第一次抬起頭來，露出欣喜驕傲的眼神。

雲聲門門主的兒子雲致沒能入選，一貫頤指氣使的雲致大發雷霆，無所不用其極地侮辱貶低他和他的父母。他一朝被選中正是年少氣盛，就在雲致面前立了重誓，說有朝一日要成為星卿宮全榜首。

他聽說此前只有天機星君睢安做到這件事，那這一定是件了不起的事情，睢安能做到他也能做到，他會成為一個了不起的人。

但是星卿宮是什麼地方，天下英才彙聚此處。他在雲聲門時是小有名氣的「神童」，可到了星卿宮才發現，他這樣的人只能算普普通通。

就像天梁星君所說的，予霄一向勤勉努力，弟子中最早起床練武，溫書最晚休息。

他明明已經做到了自己能做的一切，在星卿宮的一班弟子中也只能勉勉強強排在中游，每次小考都進不了前五十。

他絕望地發現他並不是什麼了不起的人，天賦的差距彷彿無法填補的溝壑，做什麼都是杯水車薪。

此番雲致和雲從來星卿宮客居，抓住機會對他百般嘲諷，他偏偏無從辯駁，唯有撐著一點自尊，寧願挨剮三十刀也不下跪。

他想著，若他的天分再高一些就好了，如果有辦法能讓他成為真正的天才，像是睢安和威風早這樣就好了。

「一直有個說法，說不周劍雖然是凶劍，但是力量極強，若是能駕馭住它就可以修為大增。睢安師兄這麼厲害，有一部分原因就是他擁有了不周劍。」晏晏一邊嗑著瓜子一邊說道。

這場混亂之後即熙找來了織晴、晏晏和蘭茵瞭解情況。她把屋裡的爐火升得暖暖的，三個人圍著桌子嗑瓜子，即熙撐著下巴不屑地說：「這個說法倒是沒錯——但是他居然自認為能駕馭不周劍？不周劍是什麼樣的神兵利器，它無法被毀掉只能被封印，幾百年間只向睢安低過頭，睢安能駕馭他就覺得自己也行了？」

織晴捧著臉，嘆息道：「大概是被逼急了，鬼迷心竅了吧。予霄師弟一直特別要強，我聽說他家是雲聲門的僕人，他當年被選入宮做弟子是天大的榮耀，他父母也跟著揚眉吐氣，他怎麼能灰溜溜地回去。」

「那也不能偷不周劍啊，他沒想過自己控制不住真殺人了怎麼辦？這是多可怕的事情啊！」晏晏沒什麼同情心，倒是憤怒占了上風。

蘭茵接話，有些於心不忍地說：「予霄肯定會被逐出師門的，這輩子算完了。」

這一桌子人接二連三地嘆氣，她們和予霄私交不算深，雖然有憤怒但是也覺得可惜。

即熙看她們皺著臉不免覺得有些好笑，她把手放在火爐邊烤著，漫不經心地說：「逐出師門免不了，但是這輩子完了也不至於。予霄在被不周劍控制的時候，好幾次差點殺人但生生被他改變了揮劍方向。手握不周劍時，整個人會充滿暴戾和憤怒，他在這種瘋狂中能保持理智非常艱難，便證明他從心底裡不想傷人。他本心不壞。」

「這樣的人，雎安是不會放任他毀了自己的。」

上章殿內燈火灼灼，予霄坦誠了心中所想，和他去偷了戚風早的符咒破封印拿到不周劍的過程，上章殿上安靜了一會兒。

思薇看著他，面露不忍之色，似有觸動。

雎安沉默片刻之後，說道：「這次雖有人受傷但大都是輕傷，你並未殺人。然而偷盜不周劍罪不容赦，去靜思室領鞭刑，明日你便退籍離宮，下山回家吧。」

予霄伏於地上，慘澹一笑。

當年他離開家時是何等的風光體面，雄心壯志，如今卻因為這鬼迷心竅多年努力付之一炬。

可就算他不病急亂投醫地去偷不周劍，他能通過大考進封星禮嗎？無論怎麼做他都比不過那些聰慧優秀的同門們，一切終究是癡心妄想。

他這輩子，就這麼完了。

予霄這麼想著，恍惚間聽見腳步聲，一雙黑色雲靴出現在視野裡。他懵懵地抬起頭來，看見睢安站在面前，一身黑衣銀紋，銀線繡著他夢寐以求的二十八星宿圖，如同身披一片深邃夜空。

睢安蹲下來與他的身體平齊，那雙空闊的眼睛裡一派安然沉穩，予霄心裡想著睢安師兄還有什麼懲罰給他？

「予霄，按你所說，你一心想要提升修為得封星君，你可有想過封星君之後要做什麼？揚眉吐氣，讓雲致他們承認你的優秀，然後呢？」睢安淡淡地笑起來，語氣平穩。

予霄怔了怔。

「你的不甘心並不會因為封了星君而終結，你仍然會遇到許多無能為力的事情。即便是我在這個世上，也有太多力不能及。那時你又要不甘心，為何不能成為真正的神明？」

「這個世上沒有什麼終點值得你鋌而走險丟掉本心，因為除了死亡之外，一切都不是真的終點。」

睢安舉起手，食指與中指併攏放於額上星圖間，銀白的光芒纏繞指尖形成複雜的符文。他將手指移到予霄眉間，說道：「太昭在上，以天機之名賜福，以佑善良。」

予霄睜大了眼睛愣愣地看著睢安，那銀白的光芒順著睢安的手指沒入予霄的眉間。

睢安師兄沒有給他懲罰，反而給了他祝符。

予霄慌忙道：「師兄……宮主，你是不是弄錯了，我……」

睢安淡淡笑了一下，慢慢地條理清晰地說道：「世上生民萬萬，星君不過三十六人，千百年來飛升的修士不過二十幾人，這條路原本就狹窄。在這條窄路上掙扎而痛苦，不如去尋自己的路，過自己真正想過的生活。別人眼裡好的，未必適合你。」

「無論走哪條路，我們都殊途同歸，這一生只要對得起自己，便是成功。」睢安微微笑著，眼睛裡映著予霄驚訝羞愧的臉龐。

予霄顫聲說道：「可我要是作了惡，反噬了你……」

睢安搖搖頭，他伸出手摸到予霄的衣襟，然後慢慢移到肩膀處拍了拍：「不周劍嗜血，除我以外的人拿到它很難不殺生，但你克制住了。予霄，你做了錯事，但這不代表你是惡人。」

「你已經為你犯的錯付出代價。從此之後你仍然要光明磊落，堂堂正正地活在這世間。我相信你會這樣，所以給予你祝符。」

予霄怔怔地看著睢安很久，眼睛慢慢地變紅了。

光明磊落，堂堂正正。

不知道為什麼，這八個字一瞬間刺中了他的心扉，他想他這輩子居然還配得上這幾個字。

從天下最受敬仰最良善的人口中聽見這句話，這世上或許還有屬於他的路可以走。

他拜倒在睢安身前，額頭貼著地面，低聲嗚咽起來。彷彿要把他這些年鬱鬱不得志的痛苦都哭出來一般，淚流滿面。

「但凡有一點兒光亮，睢安就能從淤泥裡找到金子，就像這樣。」即熙扒拉著爐灰，從裡面找到晏晏剛剛掉的珍珠扣子。

晏晏寶貝地接過珍珠扣子，擦擦灰說道：「是啊，柏清師兄之前也說，連貪狼星君那樣離經叛道的人都被睢安師兄管住了呢。」

「……」

即熙揉了揉太陽穴，柏清什麼時候才能不在樹立反面形象的時候帶上她？這七年裡就沒有新鮮的案例了嗎？

織晴有些好奇地問即熙道：「師母，妳為什麼對不周劍這麼熟悉？」

即熙一口茶嗆了嗓子，她心虛地輕聲說：「有所耳聞，有所耳聞。」她找來織晴、晏晏和蘭茵就是來問予霄是何許人也的，幾碟瓜子下肚，大家閒聊得差不多了，即熙送她們回去。

月光皎潔寧靜，姑娘們挽著手走在一起，蘭茵拉著即熙的胳膊，往析木堂的方向看了看。那裡還是一片漆黑，睢安還沒有回來。

雖然表白被拒絕了，蘭茵的少女心思仍然不能斷絕，她感嘆道：「不知道將來誰有這個福氣和睢安師兄在一起。睢安師兄多麼溫柔可靠啊，妳看今天那麼多人的心魔，他說渡就渡了，好厲害。」

引渡來的心魔需要很久才能淨化掉，在外人看來是強大，對睢安來說應該是不小的負擔，只是他不從來不提起罷了。

即熙又想起了黑氣籠罩中的睢安，心裡有些不舒服，像是有一口氣在不上不下堵得慌。她說道：「他就是太習慣承擔責任了，誰有心魔都可以來找睢安，那睢安要是有了心魔呢？」

他是天下人的退路，可是他自己沒有退路。

姑娘們聞言十分驚訝，蘭茵不假思索地笑著說：「師母您說什麼呢？睢安師兄怎麼會有心魔，他可是天機星君，是天下良知啊。」

話音剛落，一向嬉皮笑臉的師母大人停下了步子，姑娘們不解地回頭看她，只見她在月光之下沉默著，雙眸瑩瑩發亮。

她嚴肅地，擲地有聲地說道：「雎安也是人，他只是個凡人。」

語氣裡有些憤慨，但更多的是無奈。

她還記得有一年，雎安試煉的地方邪祟肆虐，許多人莫名發瘋。他被當地百姓認作邪祟異端差點燒死，因此受了重傷。她和柏清去接雎安的時候他甚至無法行走，只能先就地養傷。

附近幾個城鎮的百姓聽說他是主善的星君，不知多少人帶著自己的家人，過來求雎安驅除煞氣引渡心魔。

她把這些差點害死雎安又過來求助的人堵在院門外，來一個罵一個，來兩個罵一雙，柏清都攔不住她。

她清楚記得有個中年男人，伸著脖子扯著嗓子說道——他就是天機星君啊，生來就要做善事的，和我們計較這些過錯，也太小氣了吧！

——既然是做善事的星君，怎麼能對我們見死不救呢！

她看著這個男人的眼睛，再看向他身後那些默默無語的百姓的眼睛，瞬間明白他們都是這麼想的。

他們視雎安的善意為理所當然。

即熙突然理解了為何雎安出門在外時，肩上總是停著凶狠的海東青，手裡握著上古凶劍。若他不這樣強悍，不知道會被這些人怎樣盤剝。

從那以後即熙常常覺得那些對天機星君的誇讚是脅迫，是勒在睢安脖子上的繩索，是逼迫他犧牲的毒藥。

所謂「他可是天機星君啊」，她討厭這種理所應當的語氣，她替睢安委屈。

眾位星君處理完予霄的事情已是夜色深沉，思薇有些心不在焉地離開上章殿，回到自己房間。

一推開門便看見黑漆漆的屋裡，一個紅衣身影坐在她的桌子邊，熟門熟路地喝著她的花茶，見了她那雙鳳目裡有了狡黠笑意。

他十分自然地點燃燈火，十指纖長看起來很適合擺弄樂器，昏黃光芒印在他臉上。縱使他已經易容，眉梢眼角依然飛揚，蓋不住身上的風流邪氣。

「我猜妳又要大發雷霆，覺得予霄這件事情和我有關，所以特地在這裡等妳問話，省的妳再去外宮找我了。怎麼樣，貼心吧？」賀憶城說話一貫油腔滑調，笑意狡黠，他挑起燈火回眸看見思薇時愣住了。

他收斂起笑意，問道：「妳怎麼了，怎麼這副表情？」

「哪副表情？」

「要哭出來的表情啊。」賀憶城話音剛落就舉起胳膊擋住自己，準備迎接思薇的拳頭。

但思薇卻沒有如往常一樣打他，她看了賀憶城一會兒，然後恍若未聞般坐在他對面的椅子上，也給自己倒了一杯茶。

「我知道這事兒和你沒關了，你可以回去了。」她還是有些心不在焉。

「予霄怎麼樣了？」

「受鞭刑，退籍離宮。」

賀憶城偏過頭，疑惑道：「妳和他關係很好？為他可惜？」

「從沒說過話……只是……想起一些事。」思薇沉默片刻，說出這麼一句話。

予霄就像一面鏡子，她看他彷彿看見曾經的自己。勤勉努力，不甘心，天賦的溝壑，這些字眼多麼熟悉。

這些字眼糾纏她多少年。

在思薇那屆弟子之中，她是最認真努力的。筆記記得最公整，註解寫得最詳實，每日最早開始早課，最晚結束晚課。

師父長年閉關，只有三月一次的季考中，排名前十的弟子有機會面見師父。星卿宮這種人才雲集的地方，她不得不加倍努力，只是為了每年多見師父幾次，為了能聽他誇她一句做得好。

在即熙來之前，她一直優秀而驕傲。

即熙這個人吊兒郎當漫不經心，除了考前幾乎從不溫書，上課也是能逃就逃，偏偏天賦好得驚人。即熙在武學上的身體素質和反應速度，在符咒上的領悟力和控制力，讓她幾乎不需要努力就能摘得榜首。

那些年她們之間種種鬥爭，大到演武場考場比試，小到封門符之爭。這些事情總讓思薇清晰地意識到天賦的差距。

即熙每次抱怨小考之前補習天象紀年、卜卦推命的辛苦。思薇很想說，妳這點辛苦哪裡比得上我的十分之一。

她如此拚命努力，勤勤懇懇，才能追上即熙漫不經心的腳步。

她們有同一個母親，若她不如即熙，就彷彿在說她的父親不如即熙那個不知名的父親，這是她不能接受的。

很長一段時間裡，她默默地羨慕她、嫉妒她、怨恨她。甚至無數次在爭吵中口不擇言地諷刺侮辱即熙，彷彿這樣就能痛快一些。

「其實想起來，這麼多年裡我執著不放的人就兩個——即熙和師父，可他們都死了。」

思薇看著燈火，又像是什麼也沒有看見，聲音彷彿夢囈般輕。

賀憶城食指有一下沒一下地敲打著桌面，燭火應聲跳躍。他說道：「師父？他是妳父親吧。」

思薇沉默了一下，抬起眼睛看向賀憶城：「是師父。」

進星卿宮，便要拋卻姓氏，斷絕父母親人關係。

那個人是她的父親，她在心裡喊過千百次，年少的努力不過是為了得到他的認可和稱讚，她怕會讓他失望，所以從來不敢把這個稱呼喊出口。

一次也沒有。這輩子她沒有喊過母親，沒有喊過父親。

也沒有喊過姊姊。

賀憶城突然撈起自己的衣袖遞到思薇面前，思薇怔了怔，問道：「你做什麼？」

「我沒帶手帕，妳要不將就著用我的衣袖擦淚？」

「我沒哭。」

「可是妳要哭了。」

「你胡說。」思薇咬著唇，瞪著眼睛看著賀憶城，她的眼睛泛著水光瑩瑩發亮，淚盛在眼睛裡就是不落下來。

這姑娘太倔了，可倔起來又怪好看的。

賀憶城的眼睛在燈火下灼灼發亮，他突然惑人一笑，探過身來靠近思薇，輕聲說：「妳這樣看著我，我會心動。」

果不其然，這次他得到了思薇的巴掌，思薇口中說著「登徒子」。賀憶城捂著臉，思薇剛剛打的巴掌並不重，他卻誇張地喊著疼。

在思薇再次舉手打他之前，賀憶城說道：「前些年即熙有一次遇刺險些沒命，她寫了遺書，說是她那五百箱夜明珠要送給妳，匿名送。」

「她說她有個不省心的妹妹，很怕黑。」

思薇眼睛眨也不眨地看著賀憶城，雙眼慢慢紅得不成樣子，像是深春的薔薇花蕊，紅得要落了。淚順著她的臉流下來，在賀憶城紅色的衣袖上留下深色的斑點。

她的眼淚像開了閘似的順著眼眶簌簌落下，賀憶城耐心地一次一次幫她擦掉。

他嘆息著說：「我安慰妳還被妳打，我可太冤枉了。」

思薇瞪默默推開他的手自己擦眼淚，擦得兩頰一片通紅。

賀憶城笑起來，說道：「哭累了就去睡吧，好好睡一覺就不難過了。我等妳睡著了再走，妳也不用害怕了，好吧？」

思薇透過模糊的淚眼看著面前這個笑意盈盈的男人，他笑起來確實好看又惑人，體貼的小心思很周到，撩人的言語也動人。

這便是他在風月場上的手段了吧，怪不得是紅衣賀郎，得到那麼多女子傾心相許。

思薇沒有再趕賀憶城走，她沒有說什麼，只是自顧自地躺床上蓋好被子，紗帳外賀憶城像上次一樣靠在她床邊。

「你離開星卿宮之後，不要再做壞事。」思薇的聲音有點含糊。

「好。」賀憶城乾脆地應下，他狡黠地補充道：「大小姐妳救了我的命，妳說什麼我都答應。」

思薇哼了一聲，翻過身去不再說話，消無聲息地睡著了。

柏清和睢安最晚離開上章殿，他們結伴而行沿著松林間灑滿月光的石板路回屋舍，樹木的影子斑斕地落在身上，柏清望向身側步履沉穩的睢安。

睢安剛失明時，他總要扶著睢安送他回析木堂，睢安還會磕磕絆絆走走停停。不知道什麼時候開始，睢安已經不需要他的幫助了。

現在睢安只是行動比之前慢了一些，更添了沉穩的氣度，經常讓人忘了他看不見。他能把星卿宮的所有路線記得清清楚楚，多少步過門，多少步轉彎，想想真是匪夷所思。

但大家似乎很習慣了，做到這些事的人是睢安，沒什麼好奇怪的。

就像睢安能撐著南方大陣，又渡了百餘名弟子心魔，換別人他們肯定要驚詫不已，但是睢安來做就很容易接受，他總是這樣理智又強大。

睢安從不逞強，也從不示弱，可是他居然會跟師母說——會有點兒吵。

像他這樣待人接物界限分明的人，跟師母的關係什麼時候這麼親近了？

「師兄，怎麼了？」睢安問道。

「不是……我就是，方才還在擔心你會維護予霄，把他留在宮裡。」柏清拿另一件他擔心的事來搪塞。

睢安沉默了一瞬，松影錯落地印在他的眼睛和臉上，他無奈地說：「師兄，你為何總覺得我會偏私護短？」

柏清輕笑起來，不假思索地回應道：「難道不是？即熙十三歲偷了你的不周劍，凶性大發後被你制服。她雖沒有傷人但是師父雷霆震怒，要讓她受刑離宮。我還記得你在紫薇室外跪了一天一夜，求師父收回成命，後來又替即熙受了一半鞭刑。」

他還記得那時下了雪，睢安就跪在一片潔白雪地裡，黑衣黑髮如同一節深紫檀木，背挺得很直。睢安從不生病，師父終於答應他之後，睢安鬆了一口氣就開始發燒。

即熙被從禁閉中放出來後，知道睢安受的這些罪老實了很久。

但柏清還是覺得即熙受的懲罰太輕，雖說睢安把即熙帶入星卿宮負有責任，但他未免太過心軟太過護短了。這印象太深刻，以至於這麼多年柏清未曾忘記。

「我那時候覺得，你這樣會把她慣壞的。」柏清有些不認同地批評道。

柏清心想，她這些年在懸命樓以詛咒買賣人命，又咒死師父，這殘忍嬌縱一半是血統裡的，一半就是睢安寵的。

睢安偏過頭，笑意明朗：「要這麼說我護短，我確實護了，不過即熙並沒有被慣壞。師兄，你對即熙有成見，她只是好奇心重並且熱愛自由罷了。」

柏清搖搖頭，一臉不敢苟同又有些憤怒，說道：「你不知道……算了，你就是太偏愛她。」

睢安沉默思考了一下，坦然道：「確實如此。」

這個話題告一段落，柏清和睢安提起明天要去看望戚風早，他今天受傷應該不輕。戚風早能抵抗不周劍那麼久，這樣的能力和天賦，若能活得長久假以時日必有大成，說不定還能得道飛升。

只可惜按柏清算的卦，他活不過十八歲，而如今他已經十五歲了。

「有時候我不太敢面對小戚。」柏清嘆息一聲，他看著石板上反射的銀白月光，問道：「睢安，你當年知道天機星君大多早亡時，是什麼心情？」

「有點驚訝。」

「只是驚訝？」

「他們是他們，我是我。」睢安微微一笑，他總是收斂氣勢謙和有禮，難得顯露作為天才，出類拔萃的自信。

「當時我覺得未來的路會很艱險，但我可以走得比他們都遠，這一點我從未懷疑過。」

柏清很少聽到睢安說這樣的話，有些驚訝。這些話別人說來未免張狂，但睢安說來，卻是清醒。

因為他確實做到了。

第二天平旦，柏清去外宮客三舍探望戚風早。戚風早因為受傷免了早課，但仍然起床靠在床背上看書。

柏清敲門進來時，看見戚風早放下手裡的書，抬眼看過來。

男孩在十四五歲的年紀正是長身體的時候，一年一個樣。柏清兩年沒見戚風早，覺得他又長高了很多，眉眼越發俊秀。只是脾氣還是一樣，內向冷淡，明明小時候那麼黏人。

戚風早的眼仁很黑，因而顯得深邃如夜空，當初柏清把他撿回來，就是因為被這雙眼睛打動了。

「天梁星君大人早。」戚風早在床上行拱手禮，柏清坐在他床邊，皺皺眉道：「只有你我二人在，何必叫得如此生分。」

戚風早放下手，微微笑了一下。

「星君不會變老，我不知道該叫你柏清叔叔，還是柏清哥哥。」

若是賀憶城在此定要大為驚嘆，原來戚風早還是會笑的，而且還會說俏皮話。

柏清正色道：「我和你父親平輩，你當然要喊我叔叔。」

「等我長得比你老了，也喊叔叔嗎？」

柏清張張嘴，話卻卡在嗓子裡出不來了。他無法說出口——你永遠不會長得比我老，你還沒有成年就會死去。

這太殘酷了。

於是柏清轉移了話題，他問道：「你的傷怎麼樣了？」

「只是受了一點衝擊，不要緊。」戚風早回答道。

柏清告訴他予霄受到的懲罰，不過隱去了睢安給予霄祝符的事情。他問戚風早予霄偷的符咒是什麼樣的，戚風早便從枕頭下拿出幾張符咒，挑出其中一張。

「是這張，破火格封印的，前幾天符咒課他問過我這張符咒，沒想到是用來偷劍的。」

柏清接過那張符咒，暗自驚嘆設計精妙，縱使使用者靈力普通也可產生極大威力。他上一次見到這樣的符咒，還是批閱即熙的大考答案。

「還有一件事……柏清叔叔。」戚風早的神情有些猶豫，他看了對面整齊的床鋪一眼，再望向柏清，說道：「我的舍友，巨門星君的客人何羿公子，有點奇怪。」

柏清的心思從符咒上收回來，疑惑道：「何羿？之前傷了予霄的那位公子？」

「嗯，初見他時我發覺時常有鬼魅邪祟跟隨糾纏他，但他好像習以為常。他替雲聲門的人傷予霄，其實手下留情，前幾日予霄上門感謝他，他們私下說了很久的話。昨天予霄偷盜不周劍，而一入夜何羿就消失不見了，一晚上不曾回來。」戚風早微微皺眉，嚴肅道：「巧合太多，我總覺得有問題。」

柏清聽著神情也嚴肅起來，說道：「這事兒我得去問問思薇。」

客三舍的屋頂上，賀憶城聽完兩個人的對話，放下手中的瓦片。他嘆息著抬頭看著萬里無雲的晴朗天空，搖搖頭笑起來。

看來這星卿宮，是待不下去嘍。

柏清去問思薇關於何羿的事情，把思薇嚇得不輕，她發覺何羿的真實身分並未暴露之後趕緊搪塞過去。柏清將信將疑，又去找賀憶城問話，賀憶城舌燦蓮花把話題扯出十萬八千里，柏清又什麼都沒問出來。

正好兩個月的期限到了，賀憶城前來辭行，思薇巴不得他趕緊走，但想了想依然要求他每半個月來找她一次，彙報他的行蹤。

賀憶城一律笑著應下，說自己不走遠，就在太昭山腳下的奉先城裡待著，隨叫隨到。

思薇有些擔心：「你下山怎麼生活，想好了嗎？」

「嗨，我已經借了一筆錢，雖說三分利，但先花著是沒問題。」賀憶城瞇著眼睛笑得春風得意。

「……」

思薇看著賀憶城，生出一種爛泥扶不上牆的憤慨。偏偏賀憶城沒有一點兒自覺，恍然大悟似地湊過來：「妳剛剛是不是要給我錢來著？哎呀我說錯話了！我一窮二白，還借了這麼高的利錢，大小姐妳接濟接濟我唄！」

「滾！」

「哎呦！不給就不給，幹嘛還打人啊！」

賀憶城就這麼悄無聲息地來，風風火火地走了。介於沒有直接證據表明他和予霄的事情有關，柏清和戚風早沒有攔他，就讓他離宮下山了。

賀憶城走的時候即熙遙遙地眺望了一下山下的奉先城，暈得馬上收回了目光，心說登高望遠這項活動應該註定和她無緣。

但願賀憶城在外面好好掙錢，好好攢她的利錢。這種坐享收成的感覺，一時讓即熙覺得很愉快。

自從雎安引渡心魔之後，即熙去析木堂比以前更加勤快。很多時候雎安只是低眉斂目悄無聲息地打坐，一身黑衣靜默如夜，脊背挺拔如竹，他需要和身體裡的心魔周旋，一點點渡化它們。

這其實是個挺凶險的過程，不過雎安從未在此出錯過，即熙經常觀察他，幾乎從來沒見過他皺眉頭。

之前即熙雖說是主動要求要補課，但上課昏昏欲睡，八句能聽進去一句就不錯了。一結束就開心地跑去打野雞、摘果子、畫符咒、練武藝，片刻都不願意多待。

但現在她沒事也待在析木堂裡，安安靜靜地翻她最討厭的星象和卜卦的書，時不時看看雎安。

雎安問她：「師母您為什麼總是待在我這邊呢？」

即熙就從書本裡抬起一張厭學的臉，咬牙切齒道：「我說為了念書，你信嗎？」

雎安稍一沉默，略略低頭忍不住輕聲笑起來。

「妳不必如此擔心，我沒有那麼容易被心魔反噬。再說若我真的被心魔反噬而失格，妳待在這裡也做不了什麼。」

即熙「啪」的一扔筆，氣道：「呸呸呸，什麼失格，馬上就要過年了說什麼呢！有我在這裡，就不會讓你失格的。」

「可是……」

「我是你師母，師母的話你都不聽了嗎？」即熙拘住胳膊拿起架子來。

雎安笑起來，眉眼彎彎，眼睫微顫。他點點頭道：「好，聽您的。」

「你好好渡化心魔，我好好看著你，這課你有空教，沒空我自己學，你的身體最重要。你聽話，過年師母給你包一個大紅包！」

即熙深感拿架子做長輩會上癮，這樣跟雎安說話太爽了。

「好。」

雎安含笑答道。

過年的時候即熙還真給雎安包了一個大紅包，以她一向摳門的個性來說，算是花大錢了。她把紅包給雎安的時候還特地囑咐，說別讓其他星君和弟子們知道，她可不想再給別人了。

睢安就笑而不語，點點頭。

「你拿了我的紅包，這一年就要好好的別受傷。」

即熙的語氣，彷彿她這個大紅包是向命運買睢安一整年的平安喜樂似的。

「好，我盡力。」睢安於是向她彎腰行禮，代替命運答應了她。

過了春節，弟子們換上了春季宮服，淺青色的衣衫配上墨蘭繡紋，遠遠看上去像一片嫩生生的綠芽，走到哪裡春意也跟著飄到哪裡。

相比於綠芽般的弟子們，星君們像是綠竹，即便是一樣顏色的衣衫，憑著氣質和儀態，星君們從人群中走過時還是能一眼被挑出來。

大考的日子快到來，即熙待在析木堂的時間更長，經常和來找睢安議事的柏清打個照面。柏清一開始還驚訝，後來見她總是躺在冰糖身上愁眉苦臉地看書，也就慢慢習慣了。

柏清私下也會覺得睢安似乎與師母太過親近，但是由於睢安過於優良的風評，大家都沒有懷疑過什麼。

柏清也覺得，或許是他多心了。

這天下了春雪，雪還沒有積起來，地上只是有些潮濕，顯得青草青苔越發翠綠。即熙穿著一身淺綠衣衫，踏雪來到析木堂時雎安還在打坐靜思，她不想打擾雎安又實在不想看書。想了想就不客氣地拿起雎安掛在牆上的木劍，轉身躍入庭中練劍。

她從小混跡街頭，在星卿宮學了幾年正統劍術，回到懸命樓之後又和三教九流的人切磋學習，以至於現在的劍術不倫不類有些怪異。

一招一式說不上好看，但用來傷人仍然威力巨大，對付星卿宮裡這些手上沒沾過血的孩子們綽綽有餘。這段時間她有意收著力氣，在武科上的排名到前五就足夠。

即熙看著那木劍的劍刃劃過雪花留下深色的印痕，呼吸之間都是清新冷冽的潮濕空氣，只覺得心情大好，不自覺唱起熟知的小曲兒來。她氣息飽滿綿長，即便舞劍也不會氣虛。

雎安走到廊上時，聽見了清脆嗓音唱出來的瀟灑歌謠，尾音飛揚，每個字都帶著似醉似醒的自由肆意。

「適意行，安心坐，渴時飲，饑時餐，醉時歌，困來時就向莎茵臥。日月長，天地闊，閒快活！」

雎安便在廊上盤腿坐下，她的歌聲，旋身時衣袖裹挾的風聲，落地時足間的輕響，劍尖顫抖的錚鳴，還有最最安靜的雪落聲鋪底，形成鮮活又壯闊的樂章。

她的聲音裡能聽到明月青山，風雨溪流，能聽見一望無際的自由。

他的目光無所著落，唇角卻慢慢揚起。

「……南畝耕，東山臥，世態人情經歷多，閒將往事思量過。」

「賢的是他，愚的是我，爭什麼？」

伴著歌聲停止，即熙收劍入鞘，掌聲順暢地接著響起。她嚇了一跳回身看去，只見廊間屋簷下落雪紛紛，雎安和冰糖並排坐著，阿海站在雎安肩膀上，三雙眼睛直溜溜地看著她。

冰糖興奮地叫了幾聲，誇她劍舞得好歌也唱得好，阿海難得沒有露出嫌棄的眼神，表示她剛剛的表現尚能入眼。

雎安放下鼓掌的手，放於膝頭，他眼睫上沾了點細小的雪花，微笑著說道：「師母剛剛唱的歌，很好聽。」

吹來一陣風，雎安玉冠上的銀白色髮帶隨風飛舞起來，伴著飄揚的黑色髮絲，像是畫卷裡的神仙。

即熙看得入迷，說出的話就沒過腦子。

「嗨，都是青樓的姐妹們教得好。」

那神仙皺了皺眉，笑意變得不可捉摸。

「青樓？」

第十一章　封星

天爺啊，她剛剛說了什麼？

即熙心說不好，面上還是鎮定自若，清了清嗓子說道：「不是，是我一個朋友愛逛青樓，青樓的姑娘們教他，他再教我的。」

雎安低眸，笑而不語。

即熙從來口若懸河，扯起謊來一套一套的。可不知怎麼，只要一遇見雎安她就會大失水準，謊話說幾句就心虛得不行，往往雎安還沒說什麼，她已經坦白從寬了。

這次也不例外，即熙心虛地拉開冰糖坐到雎安身邊，咬牙道：「好吧……行，逛青樓的是我行了吧。怎麼，你師母我就不能有點小癖好了？」

「自然是可以。」

「這聖人都說了，食色性也。男歡女愛你情我願，既是天性又是樂事，有什麼好避諱的。你們男人喜歡美色，我們女人也喜歡美色啊，你們喜新厭舊尋花問柳，我們也一樣啊！青樓你們逛得，我們就逛不得？」即熙理直氣壯地辯解道。

雎安的臉轉向即熙的方向，他問道：「師母喜歡美色？」

那怎麼能說喜歡，必須以熱愛來形容，她這俗人就指望著美色美酒美食活著呢。

「比較喜歡。」即熙還是克制了對程度的形容。

雎安於是笑了笑，沒再繼續這個話題，他伸出手去，覆蓋著薄薄劍繭的手掌摸摸她的頭，說道：「開始上課吧。」

說罷他站起來，即熙跟在他身後，有些不安地和冰糖對視一眼，冰糖小聲嗷嗚了一下，他們達成了共識。

——雎安心情好像不太好。

而且她剛剛練完劍時，他分明是很高興的。

很久很久以後，即熙回憶起這一天，她問雎安當時為什麼突然不開心了，是不是不喜歡她逛青樓。

雎安偏過頭，突然靠近她，鼻尖挨著鼻尖這樣親近的距離裡，他說道：「因為我嫉妒。」

貪狼星君是桃花主，命中註定桃花運旺盛情債累累，他早就明白這一點。他原以為早就說服了自己，有時候卻冷不丁地被這種尖銳的嫉妒所刺傷。

他到底還是凡人。

不過那是後話，此時的即熙並不明白雎安的心思，只是以為他覺得自己行為不端，太過放蕩，便有些委屈和後悔。

說來她從不在意世人對她的看法，慶功宴上甚至能聽笑話似的聽眾人編排她，唯有雎安是例外。

雎安對她稍微皺一皺眉頭，她都要心慌，這實在是太奇怪了。可即熙已經對這種反常習以為常，從來不曾察覺。

賀憶城每半個月一次來找思薇報告他近期行蹤時，都會偷偷和即熙碰面。

他見即熙大考準備得差不多了，便問她：「星命不二授，唯有一任星君死去下一任星君才會出現。妳有沒有想過，若妳真的進了封星禮，被封成貪狼星君，大家就會知道前任貪狼星君已經去世。」

即熙嘴裡含著賀憶城從山下帶來的酥糖，含糊不清道：「那又怎樣？」

「天機星君也會知道，你們之前感情這麼好，妳就不怕他難過？」

多年的交情看來，賀憶城覺得即熙天不怕地不怕，但一怕高二怕雎安受傷。這些年在懸命樓，他聽雎安的名字都聽到耳朵起繭了。

即熙撐著腦袋想了想，不覺得這是什麼大事。

「在星君們眼裡，我失蹤七年，七年裡杳無音信從未聯繫，很多人都覺得我是出意外死在外面了。想來這次如果證實了這一點，大家不會多驚訝，雎安應該也一樣吧。只要他不知道我是禾枷，就沒事。」

賀憶城手裡把玩著他的寶貝匕首，奇道：「他以為妳死了都沒關係，但是他知道妳是禾枷就不行？妳怎麼想的？」

「這差別太大了，前者生死是世間常理，後者是欺騙辜負。」即熙咽下最後一口糖，望向遠處雎安的析木堂，神色複雜道：「當然我確實騙了雎安……但最好他永遠都不知道，以為我只是意外去世。」

賀憶城手裡的匕首慢悠悠地敲擊著他們身下的圍牆，瞇起眼睛看著眼前青衫束髮的美人。此刻他很想問出那個七年裡他問過很多次的問題，即熙妳到底把雎安當什麼？師友、愛人、兄長、爹？

當然他每次問出這個問題，結果都是被即熙一頓暴打，即熙的回覆也永遠如出一轍——爹你大爺！愛你大爺！

他覺得，這大概是史上最暴躁的桃花主。

大考在融融春日的二月舉辦，正是草長鶯飛，生機勃勃的時節，即熙做試題的時候總是想這他娘的這麼好的時節，不出去踏春郊遊在這裡答題目，真是有病。

雖然心裡罵了千萬句，但是想想馬上得封星君又能重獲自由，她就重振旗鼓努力答題。天象紀年靠著考前死記硬背，把那些星象年份，對應的時運算得七七八八。

卜卦推命就難很多，主考官天巫星君出了三題，前兩題一題解夢一題解卦，即熙看著那兩頁宣紙的論述都覺得頭大，憑著雎安教她的知識一本正經地胡說八道。最後一題是問今年冀州大雨黃河恐有決堤之險，七日之內是否會決堤，決堤口在何處？只要能卜到結果，占星卜卦奇門任何解題方式都可。

即熙一邊卜卦一邊想，這事兒柏清肯定已經算過，結果該給了冀州那邊的知州和仙門。早知道她這段時間就該多去和柏清套套近乎，看看他在算什麼。

她頭疼地看著自己算的不著四六的卦，努力拼湊出大概的結果。

到了武科和符咒考試，她跟飛出籠子的鳥兒一樣雀躍不已，一不小心沒收住，兩門都是榜首。

七年前的大考和七年後的大考，結果出奇一致，可見七年間她沒什麼變化也沒什麼長進，該會的還是會，該不會的還是不會。

放榜的時候，她開心地飛奔去析木堂睢安面前，也不管睢安正在和柏清奉涯議事，一掌把門拍開雀躍道：「睢安，我是第四十八名！我能上封星禮啦！」

柏清和奉涯嚇了一跳，他們紛紛站起來給即熙行禮。奉涯是武曲星君，雖然不管武科教學和出題，但也對即熙的厲害略有耳聞，奇道：「我聽說師母武科和符咒都是榜首，居然總榜才四十幾名？」

即熙搖搖手，大大方方道：「我星象和推命要是不這麼差，怎麼會找睢安給我上課？今年試題又難，四十幾名已經很不容易了。」

「三臺星君說，今年的符咒大考弟子們的實力大有長進，有您常常指導他們的功勞。」柏清難得也跟著誇講了即熙。

睢安微微彎腰行禮，滿眼笑意：「師母果然厲害，恭喜師母。」

得了三個人的誇獎，即熙十分受用地點點頭，說道：「那你們繼續議事吧，我走了。」

說罷乾脆俐落地轉身就走，嘴裡還哼著小曲兒，留下屋裡三人面面相覷。奉涯感嘆道：「師母的性子真是率真啊！感覺有點兒像即熙師姐。」

柏清瞪了奉涯一眼，奉涯不明所以地撓撓頭，不知自己哪裡說錯了。他沒有參與對懸命樓的討伐，不知道即熙就是禾枷。

看不見柏清和奉涯的小動作，睢安只是輕輕一笑，說道：「確實很像。」

像極了，或許就是本人。

可如果真是本人，她已經有貪狼星命在身，為何還要這樣費心費力地進封星禮？

令人困惑。

封星禮是星卿宮三年一度的盛事，各仙家門派都會派人來觀禮，一睹新任星君的風采。一般來說封星禮上會封五六位星君，但是其中甲等星君通常只會有一位或乾脆沒有，這也是導致如今星卿宮甲等星君的數量只占所有星君六分之一的原因，甲等星君主天下運勢而普通星君為輔，星命書在挑選甲等星君方面非常謹慎。

所以即熙也不明白，謹慎的星命書怎麼挑中她做貪狼星君，總不是因為她真的養了一頭狼所以覺得應景罷？她是災星瞞得過別人，還瞞得過星命書麼？當年十七歲的即熙得到了貪狼星命，猶如天降三百兩黃金砸在頭上一樣，歡喜又迷惑。

而如今二十四歲的即熙站在五十人的隊尾處，穿著一身淺綠繡墨蘭的絲質宮服，腆著臉在一群十六七的少年少女中間挺直腰板，沿著白石臺階走進封星殿。這殿三年才開一次，但因為有星命書的靈氣維持，每次開門時殿內擺設纖塵不染，色彩不褪。即熙心想，這倒是免去了許多打掃的麻煩，她懸命樓的寶庫一個月不掃就有蛛網了。

封星殿兩邊坐了各個仙家的來使，比上次慶功宴來的人還要多許多，每一位都按要求白衣束髮，遠遠望去看起來像是一片大雪過後的原野，給溫暖春日無端添了幾分冷意。眾位星君坐在封星殿之上，雎安坐於正中，即熙想這次再有新人入宮，雎安就要成為他們的「師父」了。

雖然她從以前就毫不懷疑他會成為一位很好的師父，卻莫名覺得這種變化令人悵然。

殿中心有一尊石臺，外形紋理如一段百年老樹般，粗粗一看會以為只是一段木頭，但若仔細看就會發現上面泛著的瑩瑩光亮——它其實是石化之木。這並非人工雕琢而成，而是漫長至千百萬年之間自然的鬼斧神工。

而石臺上，躺著一塊其貌不揚的拳頭大小的灰色石頭。

即熙和眾位入選的弟子在眾人注目之下站定，一齊向殿中的星命書行禮。

那其貌不揚的灰色石頭彷彿被什麼驅動似的，從臺上升起化為卷軸模樣，在空中徐徐展開，散發出圓潤璀璨的光芒，一如星芒。

時辰已到，星命自顯。

前面不知哪位弟子身上顯露出金色的光芒，那光芒透過他胳膊上的衣服，照亮大殿——是他的星圖出現在了胳膊上。星命書上有金色字跡顯現，依稀是：「天喜星君，弗希。」而後跟著他的生辰八字。

天同星君七羽將這句話報出，弗希應聲，待他應完這字跡漸漸隱去，又有下一位弟子身上顯露金光。

一位位星君顯現，即熙摸摸自己右邊鎖骨，之前她的星圖印在此處，顯現的時候會有灼痛之感，冷不丁怪嚇人的。因她站在隊伍邊緣處離客席不遠，能聽見客席傳來幾句小聲的交談，也不知道是哪家門派的人說——今年不會沒有甲等星君了罷？

那人話音未落，即熙就感覺到鎖骨處傳來熟悉的灼燒感——行罷，星圖還是選在這裡出現，挺專一的。

原本星命書一顯字就報出的七羽卻突然沉默了。即熙抬頭看去，只見七羽面色驚訝地看著星命書，再看看她，原本就圓的眼睛此刻又圓了幾分，反反覆覆像是要確定什麼似的。

看不到星命書上字跡的睢安微微皺眉，堂上星君除了柏清和思薇神色複雜之外，都露出了震驚的表情，賓客之間也有了小小的議論聲。聽見議論聲起七羽才反應過來，清清嗓子，有些猶豫地說道：「貪狼星君……寄汐。」

——「蘇寄汐？那位蘇家小姐？」

——「半年前剛剛嫁入星卿宮的……」

——「這麼說失蹤的前貪狼星君已經……」

這是這年封星禮上，唯一一名甲等星君。

即熙雙手平舉過眉，跪於地面掌心向上，伏身磕頭行禮，將額頭壓在掌心之上。

「必守心以真，持身以誠，盡查人欲，不依陳俗，以彰星命。」

四下裡又安靜了一陣，她在這個時刻敏感地捕捉到雎安的聲音，他不輕不重地說了一聲——「貪狼星君，寄汐？」或許是「即熙」，這兩個字太過相像，對她來說有點含糊。即熙抬起頭來，卻看見雎安不知什麼時候從封星殿的那一頭走過來，走向她。

一身青衫如林間之風，攜著墨色浩瀚星圖而來，目光空遠神情寂然。從前他身上若有似無的疏離感突然強烈起來，彷彿這個人觸不可及，望而生畏。

此刻他知道「即熙」已經死去了。

即熙突然有點慌，她想過雎安會有什麼反應。她想他很豁達，應該會有些傷心但不至於太難過。大約惆悵幾天，就可以恢復如初。

但是他這樣的表情沉鬱如大雨將至，即熙看著他走向她，不知該說什麼。

她也沒有說話的機會。

睢安只是走向她，然後走過她身邊，青色衣角拂過她的手背未曾停留，神色也不曾改變。他的身影消失在殿門之外，留即熙在原地怔忡。

柏清急匆匆地囑咐七羽繼續主持封星禮，跟賓客說道前貪狼星君是睢安照看長大的，睢安突聞噩耗以至於失態，請各位擔待，幾番行禮之後趕緊追出去找睢安了。

柏清好不容易才在封星殿外追到睢安。睢安因為失明平日裡走路總是很慢的，今天卻走得格外快，若不是因為下臺階的時候踉蹌了一下，柏清可能沒辦法追上他。柏清拉過睢安的手臂，說道：「睢安！你要做什麼？」

睢安回過頭，明明已經失明的眼睛卻彷彿能看見似的，印著綠蔭掩映，印著柏清不安的神情。

「即熙去世雖然很意外……她畢竟已經失蹤七年了，也在情理之中。封星禮上眾仙家都在場，你就這麼一言不發地走未免太過失禮，你這是……」

睢安並沒有等柏清把話說完。恍如無一物的眼睛裡醞釀著風暴，他乾脆地掙脫柏清的手，轉身繼續往前走。柏清也顧不上責備睢安了，他追著睢安慌張地問他要去哪裡，睢安只是沉默不語地走著，期間被東西絆到踉蹌幾步，柏清想去扶他也被他甩開。

他的神情肅穆得可怕，彷彿他要去的地方，便是黃泉碧落，刀山火海也無法阻他一步。

封星禮匆匆結束之後，即熙顧不得那些前來與她寒暄的賓客，一律敷衍了事然後提起裙子飛奔離去，尋找柏清和雎安的身影。

不知怎的，即熙總覺得非常不安。她從懷裡掏出一個紙人咬破手指滴了一滴血在上面，紙人內包裹的符咒被激發，瞬間發出紅光。即熙說道：「去找雎安！」

那紙人飛起來，一路穿過小道宮門，兜兜轉轉走到一處偏僻安靜的所在。即熙跟著紙人一路奔跑，她的心在看到紙人停下的地方時「咚」的沉入了湖底。

這是冰窖。

停放「禾枷」屍體的冰窖。

柏清怎麼能把她就是禾枷的事情告訴雎安？雎安知道自己親手殺了她，肯定非常傷心。而且他知道她欺騙他這麼多年，該對她多麼失望啊！

即熙一面怒不可遏，另一面又猶豫，不太想闖進去面對自己的「屍體」。

雖說她向來覺得生前和死後的情形沒什麼兩樣，來處歸處皆是虛無，既然經歷過生前之虛無何必害怕死後之虛無，所以對死亡並無畏懼。但是要親眼看見自己「死去」的樣子，還是怪膈應的。

這猶豫只持續了一瞬，即熙就催動紙人，從門的夾縫中進去查看情況。

她凝神接受紙人所見的畫面，短暫的黑暗過後幽暗的燈火慢慢浮現。柏清和雎安站在冰窖裡，冰窖當中擺放的梨木棺材被雎安破開，她的屍體安安靜靜地躺在黑色棺木之中，而睢安俯下身去，手指觸碰到她灰暗冰冷的臉龐。

柏清罕見地手足無措地站在睢安面前，說道：「我們怕你難過……我們也是即熙死的那天才知道她是禾枷……」

聽到「死」這個字，睢安的眼睛顫了顫，連帶著觸碰即熙的手指也開始顫抖，他慢慢地描摹那張熟悉的臉龐，一遍一遍彷彿不能死心承認這個人就是即熙。直到他摸到屍體頸間的紅繩，他的手頓了一下，然後慢慢地勾著紅線扯出上面掛著的金鎖，撫摸上面的紋路和刻字。

——吾女即熙，平安康樂。

這次他只摸了一遍，手就停住不動了。

睢安就這樣半蹲著，彎著腰觸碰屍體上的金鎖，彷彿時間停止一般靜止不動，不言不語。好像那金鎖上有什麼惡咒，瞬間吸走了他的魂魄似的。

寒冷的冰窖裡，牆壁上的燈幽暗地亮著 睢安的神情在這樣的燈光下看不分明。柏清受不了這死一般的寂靜，蹲下來扶著睢安的肩膀，小聲說道：「你說句話啊，睢安？睢安！」

睢安顫了顫，慢慢轉過臉來對著柏清。

他彷彿從太過真實的夢境裡驚醒，一向清透溫潤的眼睛裡布滿血絲，瀰漫起水霧然後凝結成水滴，一滴一滴悄無聲息接連落下，落在烏黑的棺木上砸得支離破碎。

透過紙人看見這一幕的即熙愣住了，睢安居然淚流滿面。

她還記得多年前有一次，她在一個海嘯席捲後的小村上，屍橫遍野的海灘邊把睢安喚醒。他的眼眶原本已經紅了，但恢復記憶的瞬間目光再度堅定，馬上就轉過身體繼續在屍體堆中尋找倖存者。

那時候他沒有哭，自從睢安十八歲第一次試煉之後，她已經太多年沒有見過睢安的眼淚了。

「躺在這裡的這個人，是即熙。」睢安低聲說道。

柏清小聲回答：「是她。」

「是禾枷。」

「……是她。」

睢安低下眼眸，忽然笑起來，像是遭遇了這世上最可笑最荒誕的事情，他慢慢地說道：「我殺了禾枷，我殺了她。」

「我們都很驚訝，誰也沒有想到她還有這個身分，她欺騙我們太久，隱藏得太好了……睢安？睢安！」

柏清說了很多話，但睢安好像根本聽不進去，周身的靈力混亂不安地躁動著，隱隱有失格前兆的跡象。他不禁著急地扶著睢安的肩膀，提高聲音說道：「睢安！冷靜下來！」

「上次的心魔還沒有渡盡，這樣下去你會失格的！你要冷靜啊！」

這種場景似曾相識，睢安第一次試煉險些失格時，師父也說過類似的話。

睢安愣了愣，然後他無可奈何地閉上眼睛捂住臉龐，周身動盪的靈氣開始收斂。疲憊的聲音從那細瘦指縫間傳出來。

「你出去罷。」睢安慢慢地一字一頓地說道：「讓我靜靜，師兄。」

柏清看著睢安，嘴張了又張卻還是沉默，最後只好慢慢站起來，轉身離開冰窖。他走出冰窖那一刻，門就被睢安從裡面封上了。

就像此前的每次一樣，睢安在痛苦的祕密中，將別人拒之門外。

隨著門再次關上，一個紙人也被「請」了出來，掉落在地。柏清驚詫地看了看掉在地上的紙人，再看著站在冰窖門外的即熙，生氣道：「師母，妳偷聽我們說話？」

「這事重要嗎？什麼才是最重要的！」即熙反而比柏清更生氣，她大聲說道：「該聽的不該聽的我都聽了，該知道的不該知道的我都知道了，你現在去處理宮裡的事情，我在這裡守著睢安。」

柏清猶豫片刻，向即熙行禮道：「今日之事萬望保密，一會兒我會讓思薇來替您，我先去處理封星禮的事。」

說罷他急匆匆地離去，即熙走到冰窖門口，然後轉過身靠著門坐下來。這裡能夠及時察覺到睢安的靈力波動，若他真要失格，她能第一時間衝進去。

即熙很清楚，現在她同樣是被睢安拒之門外的人，不能再像以前一樣隨心所欲地闖進睢安的房間出現在他面前。

她只能在這裡等著他。

即熙想睢安這麼傷心是因為受了欺騙，還是因為她「死」了呢？睢安會相信是她咒死了師父麼？她可是被問命箭準確無誤地誅殺了。

雖然他之前說過，就算這世人都容她不得，他亦會容她。可那時候他還不知道她是臭名昭彰的禾枷，更不知道自己從一開始就上當受騙。

即熙靠在門上，絞緊手指。

越是親近的關係中，欺騙就越是傷人，她很清楚這一點。所以當年那坦白的話語在她心裡過了千遍，終究難以啟齒，以至於不告而別。

這世上她最不想面對睢安的失望，最不願被睢安討厭。

不過……睢安信她是凶手也好，她是災星，是邪魔外道，她咒死了星卿宮主。睢安殺她是為民除害而她是咎由自取，他應該不會太難過，畢竟他只是受了一個惡徒的矇騙。

雖然她欺騙了他，可是畢竟她已經付出代價不得好死。他這樣好的脾氣，日子長了總能原諒她，然後釋懷罷。

畢竟他們曾經那麼親厚，雖然有欺騙但大多數時候，她都是真心的。

第十二章　失格

一片黑暗裡睢安坐在那樽棺木旁邊，上好的木料中躺著剛剛重逢，他等待已久的故人。

睢安拉著那已經冰冷僵硬的姑娘的手，執拗捏著她的脈搏。

彷彿他這樣捏著她的脈搏，終有一刻那毫無動靜的皮膚就會傳來微弱的跳動，寂寂無聲的姑娘會醒過來笑著握住他的手，說道——上當了吧，我逗你玩的。

她有一雙明亮的丹鳳眼，鼻梁小巧挺拔，烏髮如絲。她會帶著俗氣的金步搖，從不好好穿宮服，結果穿出富貴又桀驁的氣質。

那才是這個姑娘該有的樣子，是天地之間萬物之中，一望無際的自由，熾烈燃燒的熱情，是永不止息的風。

似乎是感知到睢安的情緒起伏，在他的身體裡，那長久被他壓制的還未渡盡的心魔開始騷動起來，他們如往常一般人聲鼎沸，並且聲音越來越響，如同千萬人包圍著他，爭先恐後地貼著他的耳朵絮語。

——這就是你的報償，你這般寬容隱忍，兢兢業業，命運卻如此戲弄你！

——善良有何用？正義有何用？

——你一定很憤怒罷，你一定很恨罷，索性要這世界陪葬罷！

——殺了他們！毀了那些仙門！毀了星卿宮！

睢安聽著這包裹著他的淒厲怨恨的萬千惡語，這從他第一次引渡心魔以來就縈繞不去，糾纏無數個日夜，在他平靜安寧的表像下沸騰的喧囂惡意。

多年以來它們不眠不休地盯著他、慫恿他，把這世上最深沉的歹毒潑向他，一遍一遍地試圖將他拉入深淵。

而他總是抓住那些拉扯他的手，慢慢地一步步地把它們從深淵裡拉出來。他不可以動搖，不可以畏懼，不可以退縮，十年如一日。

但是此刻他慢慢地在那些嘈雜人聲中說道：「你們說完了嗎？」

「說完了就閉嘴。」

睢安額上南斗星圖光芒大盛，那些聲音驚叫著暫時消退，睢安隨之吐出一口血來。他擦去嘴角的鮮血，然後轉過身去坐在潮濕冰涼的地面上。

睢安背靠著冰冷的棺木，他的眉間眼睫上都起了一層細小的霜，彷彿從落雪中走出來似的。

他安靜片刻，抬起手以指節敲敲棺木，彷彿想把她叫醒。

「想喝酒嗎？妳種的山楂樹結了七年的果子，存不住就讓師父釀了酒，給妳喝三四個月，還是夠的。」

睢安的聲音很溫柔，就像多年以前面對即熙那樣，隨和又耐心。

「妳想不想冰糖？牠的身量沒變就是沉了些，和妳一樣喜歡打架。我罰了牠好幾次，牠怕是更討厭我，只盼著妳回來了。」

「冰糖很想妳，其實思薇也很想妳，只是她不肯說罷了。妳失蹤這麼多年不願意回來，我還想著或許是妳厭煩了星卿宮的規矩，也厭煩了受我管束。原本等妳十八歲之後，我就不會再管束妳，如果早點兒告訴妳就好了。」

「我沒想到妳就是禾枷，原來這就是妳七年杳無音信的原因所在。妳是怕我怪罪妳？所以如今索性躺在這裡，一句話也不肯說了？」

睢安又敲敲身側的棺木，就像從前敲敲她的腦袋一樣：「我早知道妳經常騙我，我能發現七成，有三成沒有發現也很正常。我什麼時候真的怪過妳？每次妳闖了禍回來求我幫忙，我什麼時候拒絕過妳？」

「關於妳的身分和身世，不管別人如何議論，我想聽妳告訴我。」

柏清說他偏私。柏清說錯了，也沒錯，他自認大多數時候是個無私的人，但是即熙是他的私心。

他毫無理由地，堅定不移地，始終如一地偏愛她。

睢安的絮語停了停。他慢慢站起身，轉身摸索著把那個姑娘從棺材裡扶起來，然後抱住她的肩膀，收緊手臂。

她的身體很冷，世界還是一片寂靜無聲的黑暗。他低低地笑了一聲，說道：「這個噩夢怎麼還不醒。」

冷冰冰地躺在他懷裡的姑娘，曾在每次試煉的結尾向他奔來，喊著他的名字喚醒他，山水萬重接他回家。

她也曾因為一個賭局而紅著臉，期期艾艾地騙他說愛他，卻不知他因此而動心。

他一直以為他生來便屬於天地萬民，屬於神明星宿，遇見她他才知道他也可以屬於他自己。

他可以憑自己的意志來愛一個人。

而現在睢安在等著她的脈搏重新跳動，等著這場噩夢醒來。不知道為什麼，凡是關於她的事情他總是在等待。

某天梨花紛飛下，他動心之後等待她長大；某天明月皎皎，她失蹤之後等她歸來。此前漫長的七年裡，命運一遍一遍，不厭其煩地告訴他不可深究，他卻一意孤行地等候機緣。

其實他們之間沒有承諾，沒有約定，沒有超出師友以上的關係，關聯就像一根纖細棉線。他攥著這頭，卻不知那頭還有沒有人牽著，這線有沒有斷於半途。

可最後一次試煉時，他沒有再遇見人間疾苦，他遇見了自己的疾苦。

那三個月裡他失去記憶身患重病，躺在床上動彈不得，每天從疼痛中醒來疼累了再睡著。他饑餓、疲憊、痛苦，不知道自己是誰，從何而來，將要去往哪裡。更不知道在這種煎熬中活下去的意義何在。

他無數次、無數次想要放棄，想要死亡。

某一天他睜開眼睛，汗水漬進眼睛的疼痛中，眼前的天空藍得像畫，雲朵白得像梨花瓣。他突然模模糊糊地想起什麼，某些細碎的畫面一閃而過，似乎有一個笑起來調皮又古靈精怪的姑娘，她總有一天會雀躍地叫著他的名字來接他回家。

遺忘了所有的他，突然毫無理由地確信著，有這樣一個人存在。

只要活下去，他就能見到她。這就是活下去的意義。

命運在最後一次歷練中叩問他的內心，若你一無所有，躺在病床上，對周圍的人沒有任何價值。你並非天機星君，你並非睢安。

你是螻蟻，是塵土，你百無一用。

那你為何而活？為何而活！

為她，為再見她一面。

所以清醒的那一刻，他明白等待雖然是他決定開始的，卻無法由他結束，只能由她來斷絕。

如果她此生都不再出現，那麼他只能攥著棉線的這頭，煢煢孑立一生等候。

現在這等候終於以她的死迎來終結，他可以不用再等了。

她不會再回來了。

「是我射出的箭，妳最後一眼看到我，該有多難過。」他低聲對懷裡那個姑娘說道。

「對不起。」

他的心一片荒蕪，彷彿經年累月荒置的庭院中，瘋狂生長出雜草藤蔓，一層層沿著他的四肢百骸纏繞而來。

他本能地想要克制這種荒蕪。

就像許多年來他所做的那樣，如人們所期望的那樣，斷絕所有微弱的失控的可能。

可是他覺得很累了。

放任這種荒蕪寒冷蔓延之後，他驀然發現這種寒冷早已在他的身體裡生長多年，根深蒂固。

從前是孤獨，如今是絕望。

即熙打發走了要來替她的思薇，終於在黃昏時分等到了睢安，他披著落日餘暉從冰窖裡走出，帶著一身冷冽冰霜。即熙立刻站起來，沒忍住打了個噴嚏，便看見睢安轉過頭，身形略微一頓之後向她行禮。

「師母。」他的語氣平靜如常。

尋常到即熙懷疑自己透過紙人看見的那個流淚的睢安，只是幻覺。

即熙有些手足無措，磕磕絆絆道：「睢安，我都聽說了……你怎麼樣啊？」

睢安起身，淡然說道：「多謝師母關心，我在您封星之時離開封星殿，並非對您當選有異議，請您見諒。」

「這個我知道。」

「還有，我這段時間對您有些誤會。」睢安很淺地笑了一下，說著：「若言談舉止有逾矩還請包涵，以後不會了。」

即熙對他所說的「誤會」、「逾矩」完全摸不著頭腦，先支支吾吾地答應下來。她剛說完沒關係，睢安再次行禮轉身離開，動作從容流暢。

他看起來太冷靜太正常了。

即熙迷惑地看著睢安的背影，心想是她杞人憂天了麼？或許睢安根本沒她想得那麼難過。

畢竟七年過去了，再怎麼深的感情，七年不見也是會淡的罷。

在那個黃昏中從冰窖裡走出的睢安，似乎把悲傷全留在了冰窖裡。他言談舉止如常，繼續出席了封星禮之後的各種會面和宴席，向前來的仙門百家為封星那天的失態道歉，優雅得體，令人信服。

柏清不禁為此長長舒了一口氣，他還怕這位師弟會像第一次試煉時那樣，掙扎半個多月才恢復。看來是他想得太嚴重了。

畢竟這麼多年過去，睢安已經不再是那個會因為看見人間苦難，或者因為自己的困厄而動搖的少年了。

星卿宮平日裡很少接待賓客，三年一次的封星禮顯得珍貴萬分。諸位門派的使者很快略過了封星禮上這個小插曲，拜見各位新任星君，完成各種禮節事宜，同時為了新弟子入宮的事暗中較勁。這一向是最令星卿宮主焦頭爛額的時刻，不能戳破又不能放任，必須在各家之間掌握好平衡。

睢安非常忙碌，即熙雖然把能推的事情推了大半，但仍有些逃不過的清談或宴席。她只能在各種間隙裡觀察睢安，他看起來似乎瘦了些，笑容更少了一點，除此之外處理各項事情游刃有餘，看起來一切正常。

不知為何，他越正常，她卻越害怕。

就像是一根被拉得過於緊的弦，她總害怕他有一天會猝然斷裂。

眼看著封星禮結束，新入門弟子的名單也確定下來，諸位門派之間的明爭暗鬥終於消停了。睢安雖然是新任星卿宮主，但這次很鎮得住場子，仙門百家的弟子只占了不足三成的新弟子名額，其餘的新弟子均出身平民，都是各位星君這三年間在各地遊歷時挑出來的。

按理說年滿十八歲退籍離宮的弟子們就該拜別諸位星君，下山去尋自己的前程了。然而有即熙這個老當益壯的罕見例子在前，今年有不少年滿十八的弟子不願離開，希望能像蘇寄汐這樣二十四歲也能受封。

即熙心說像我這樣作為星君起死回生的千百年來能有幾個？你們年年把歲月空耗在這裡，倒不如轉而去修道，說不定日後還能飛升。

但柏清在殿上勸導那些想留下的弟子們時，即熙只是坐在桌邊撐著腦袋，笑道：「我是你們師母，當然想留多久就留多久，你們就不一樣了，難道還指望星卿宮養你們一輩子嗎？我第一次參加大考就能進封星禮，你們考過多少次了？再考下去有何意義？知難而退不失為智者。」

她這番找打的話果然惹來無數怨憤的目光，要不是礙著她的輩分，柏清估計要讓她閉嘴。

即熙迎著那些目光，無所謂地說：「天賦有別，這沒什麼好避諱的。不過換個方向想，再好的腦子死了也是不轉的，人這一輩子臨了了都一樣。有道是智者多傷神，愚者多悅心，活得開心做愚者也很不錯。」

誠然她這番話是真心的，然而「愚者」們並不覺得安慰，她還是被柏清客客氣氣地請出去了。即熙出門時和思薇打了個照面，她大約是聽見了即熙剛剛的高談闊論，敷衍地向即熙行了禮，然後神色複雜看著即熙，說道：「師母，妳為什麼要這麼說話？」

即熙覺得莫名其妙，答道：「什麼為什麼？我說的可是真心話。」

「妳可知真心話也是會傷人的？」思薇面色不悅地看著即熙。

即熙看著思薇這樣的神情，覺得十分熟悉，她問道：「我傷妳了麼？」

思薇怔了怔，她沉默了一下然後搖搖頭說道：「我有個認識的人，也喜歡像妳這樣說話，可能是無心的，但是聽來像是在嘲諷。好像天賦有差別就該認命，好像努力不值一提。」

「……我覺得，這是說者無心，聽者有意了。」即熙清清嗓子，為自己辯解道。

思薇靜默不語，然後低下頭，白皙透紅的面頰像是易碎的白瓷般，她低聲說：「反正現在……永遠也不會知道了。」

即熙看著思薇這樣，又有點摸不著頭腦了。她還在星卿宮的時候這丫頭跟她針鋒相對，多看她一眼都嫌糟心，吵起架來說她沒教養，說她噁心，說希望她去死。平日裡端莊驕傲大小姐，可能這輩子說過最惡毒的話都是對她來的，思薇討厭她到這個地步，如今居然看起來有點悵然若失？

這是什麼道理？她真看不明白。

這年頭她看不明白的事情真是越來越多，她上次去析木堂找雎安，居然還撞見阿海朝雎安不客氣地嗚叫然後氣鼓鼓地飛走了。

她一向覺得雎安專治天不怕地不怕的傢伙，比如阿海，比如不周劍，比如她。眼高於頂的阿海從小和雎安一起長大，對於其他人的態度都是愛搭不理你算老幾，但在雎安面前卻非常乖順。一向是雎安說什麼，他便做什麼，從無異議。

這樣的阿海居然生雎安的氣？匪夷所思啊。即熙問雎安發生了什麼，雎安只是淺淺笑笑，便岔開了話題。

賀憶城來找思薇慣例彙報行蹤時，又溜去找即熙恭喜她得封星君，離自由更近一步。聽即熙說了封星禮那天睢安的失態後，賀憶城沉默片刻，指節敲著桌面說道：「妳要不要告訴睢安妳還活著？」

即熙不假思索地搖搖頭，說道：「對睢安乃至於星卿宮來說，我死了是皆大歡喜，我活著才是大問題。」

人死了塵歸塵土歸土，按世上的規矩恩怨罪責一筆勾銷，欺騙可得原諒，仇恨可得寬恕。

可她還活著，那恩怨罪責又會回到她身上。

「若睢安知道我還活著，他應該不會包庇我。你知道的，我自然是有許多冤屈，可也不算清白，這麼多年來我做過不少生意，咒死很多人。你還記得三年前我是怎麼被設計差點死掉的麼？若世人知道我還活著，這樣的事情就源源不斷，不只找我，還會找上睢安。」

她是個惡人，名聲本來就糟糕，用什麼手段就更無所謂了。懸命樓的規矩是不報私仇，她可以嚇唬威脅那些人，保證他們不再來煩她。

但是睢安呢，星卿宮呢，他們做得了這些事情麼？他們也要承擔起那些理不清的爛帳，根本辯白不完的指責麼？

「我這樣的身分，和睢安最好的關係就是沒有關係，這事兒我七年前回懸命樓的時候，就想明白了。」

賀憶城跟著即熙長長嘆了一口氣，苦笑著說道：「這可真是，死結。」

封星禮的事宜紛紛塵埃落定，眾仙家門派陸續離開星卿宮。在星卿宮正式封門的那一天，睢安、柏清和思薇給「禾枷」辦了一場隱祕的葬禮，將「禾枷」下葬。睢安不知道從哪裡弄來許多壇山楂酒，埋了幾壇給她陪葬，其餘的澆在了墳墓之上。

即熙作為數不多的知情者之一，硬著頭皮參與了這場為自己辦的葬禮。他們四人站在墳墓之前行禮，即熙想躺在裡面的是她，站在外面的也是她，這真是天下獨一份兒的體驗，試問世上誰能自己給自己下葬？

下葬之後睢安站在墓前吹了一曲塤曲，溫和悠長的安魂之曲在山野間飄蕩，阿海在他們頭頂上盤旋，冰糖坐在墳前嚎叫著，引得山間群狼紛紛跟隨牠嚎叫，在一片血色殘陽裡，綠意盈盈的春日中，壯闊又悲傷。

即熙想，這真是個挺不錯的葬禮，讓她封棺時偷回了自己的金鎖。

墳裡躺著的這個叫做「禾枷」的人，世上的人大多不知其名只知其姓。於是這個姓氏就代表了她的所有，貫穿她的一生。

她在世人眼裡紙醉金迷，臭名昭著的一生。

即熙拍拍那墳堆。

沒關係，智者如何，愚者又如何？聖人如何，小人又如何？世人嘴裡千百個你，只有我知道真正的你。

就算你真的死在二十四歲那年，我覺得你也相當自在逍遙，遇過這世上最好的人，享受過這世上最好的福，不枉此生。

期間所有人都很安靜。睢安也是，他沒有說什麼話，也沒有表現得太過悲傷。他只是蹲在墳墓前，就像是多年以前他蹲在十歲的即熙面前那樣，靜靜地待了一會兒，然後笑道：「即熙，歡迎回來。」

彷彿這句話他已經暗自準備了很久，想要等到她歸來的那天說給她聽，可終究沒有等到她歸來。

說完之後的睢安沉默了一會兒，站起身來說：「我們走吧。」

夕陽西下，漫山遍野的青草和格桑花裡，無名墳墓寂寂無聲地佇立此處，標誌著某種告別。即熙最後還是忍不住回頭看了一眼，然後轉頭離去。

這個死去的人曾經是星卿宮的貪狼星君，前太陰星君的女兒，巨門星君同母異父的姐姐。她是睢安最關照的師妹，是柏清最頭疼的學生，是星卿宮裡放蕩不羈的傳奇。

她還是熒惑災星，是懸命樓主，手下冤魂無數，前星卿宮主因她而死。

但大家似乎都不想去追究什麼了，即熙想大概這件事就會這樣翻篇罷。然後過幾個月她申請下山遊歷，把冰糖帶走，從此之後一兩年回來一次或者索性不回來，如此便好。

原本她還擔心睢安，但是這些日子加上今天的情況看來，或許睢安不需要擔心，他並不是什麼繃緊的線，他還可以這樣從容地過一生。

即熙沒想到，這根線斷得毫無預兆。

在葬禮這天晚上，睢安失格。

冰糖急吼吼地來叫即熙，聽了冰糖的話即熙連鞋都沒穿好，就跟著他跑出去，一路跌跌撞撞奔到靜思室前。

靜思室一貫是用來封閉出現失格徵兆的星君的，布滿了各種約束力量的符咒，即便如此不穩定的靈力還是一圈一圈地動盪開來。屋內的燈光搖曳下，一個修長的身影映在紙門之上，正是睢安。

即熙的心漏跳一拍，立刻就要衝進去。不知從哪裡橫插一隻手攔住她，即熙掙扎著怒視過去，卻見是神色悲傷的柏清。

她這才發現，院子裡站著思薇、七羽、奉涯，還有文曲、天巫等許多星君。阿海站在一邊的松樹上，頹然地縮著脖子無精打采地瞧著地面。

柏清聲音暗啞地說：「睢安剛剛說了，要我們別進去。」

「他那是怕他靈力四散化為煞氣傷到你們，他不讓你們去你們就不去嗎？你們不救他嗎？」即熙怒道。

「妳以為我不想救嗎？妳以為只有妳一個人著急嗎？」柏清突然爆發，極少如此失禮地朝即熙大吼。

即熙絲毫不退讓，也提高聲音：「那你站在這裡幹嘛。阿海，你在幹什麼呢？我們進去找睢安！」

阿海瞥了即熙一眼，沉默不語。如果鳥也可以哭的話，牠現在的神情應該就是哭了。

即熙突然想起前幾天她撞見阿海和睢安吵架，阿海悲憤而走的場景。

阿海怎麼會跟睢安吵架呢？他那麼聽睢安的話，從不反駁，什麼樣的事情會讓阿海生睢安的氣？

睢安他……是不是已經知道自己要失格而死？那天他是在告知阿海，所以阿海才生氣了？

即熙慢慢把目光轉到柏清臉上，柏清的眼裡含著淚，嘴唇顫抖著輕聲說：「妳勸不動他的。」

就在幾個時辰之前，睢安突然把他約在靜思室見面。他們聊了很久的公事，可最後睢安微笑著目視前方，說話的語氣平淡地彷彿在閒聊。

睢安說：「師兄，這十幾年裡，我有沒有什麼地方做得不好，讓你失望過？」

他怔了怔，斬釘截鐵地答道：「從來沒有。」

睢安於是繼續說：「那我有沒有因為一己私欲，辜負過我肩上天機星君的責任？」

他看著睢安，開始感覺到不安。

「從來沒有，你是最好的天機星君。」

「那我有沒有求過你任何事情？」

「沒有……」

睢安點點頭，他如往常一般溫柔又堅定地笑著，高挺的鼻梁將燭光分割出明暗界限，眼睛就像看不見底的鏡子，只能映出柏清不安的神情。

睢安平靜地慢慢地說道：「師兄，這是我第一次求你，也是最後一次。過會兒無論發生什麼，都別費心救我。」

「求你了，我想死。」

第十三章　不勸

封星禮後這幾天，和所有人一樣，在柏清眼裡睢安除了封星禮時的失態外，一切正常。

無論是待人接物，處理封星禮的後續事宜，挑選新弟子入宮，還是給即熙辦的隱祕葬禮。睢安做事仍然井井有條，細緻而妥帖，就如他這十幾年來的每一天一樣完美無缺。

所以從葬禮回來之後，睢安請他到靜思室見面，他雖然有些疑惑為何要選在靜思室，卻沒有多想。

靜思室的布置十分簡單，唯有一張無雕花的木桌擺在中央，四周放著四個蒲團，桌上的香爐飄出嫋嫋白煙。睢安端正地跪坐在木桌之後，聽見柏清走近的聲音淡淡一笑，說道：「師兄，請坐。」

柏清心中有些奇怪，盤腿坐在睢安面前，問道：「睢安，你要我來此處說什麼？」

睢安扶著衣袖給柏清倒了一杯茶，茶香嫋嫋間，隔著蒸騰的熱氣他的表情看不分明。

「前些日子收到澤臨來信，他已經把渡厄燈放回南方大陣，我已撤回元嬰。南方大陣可以正常運轉了。」

柏清鬆了一口氣，答道：「這就好。」

睢安聞言笑笑，繼續說：「上次不周劍被盜，我查看了封印確實存在漏洞，此番加強之後，至少十年間應該很難有人能再破。新任星君及弟子已經入籍在冊也入住居所，下個月會舉行拜師儀式。」

一旦聊起公事，柏清拋卻疑慮，全神貫注起來。他疑惑道：「下個月才舉行拜師儀式？時間為何如此之晚？弟子已經入宮，按理說過幾天就可以舉行。」

睢安沉默了一會兒，抬起眼眸映照出柏清的臉龐，他以平靜沉穩的語氣，問柏清可曾讓他失望過，可曾辜負過肩上責任，可曾有過何事相求。得到柏清全數否認的回答之後，睢安說出了那句石破天驚之語。

——師兄，求你了，我想死。

柏清一時間無法相信自己的耳朵，他猝然站起來，低頭看著面前這個平靜如常的師弟。他只覺得混亂而難以置信，斷斷續續地說：「你……你在說什麼……你……為什麼？」

睢安並不意外，也不急著解釋。他安靜地喝了口茶，眼眸低垂就像個玉做的人般，冷靜得不真實。

他這樣子，像極了平日裡說「我沒事」時的樣子。但凡睢安說沒事，就是真的不需要別人幫忙，可以自己妥善解決。

如今他以同樣的神情說想死，柏清生出一種無法勸說他的慌張，他打落了睢安手裡的茶杯。伴著茶杯碎裂的清脆聲響，柏清一巴掌拍在木桌上。

「你為什麼想死？你為什麼要死？睢安你說清楚，這是大事你不要兒戲！」柏清徬徨地搜羅著自己能想到的理由，他說道：「是因為即熙嗎？她騙了我們這麼多年，我們誰都沒有想到她會是禾枷。我知道你盡心盡力地教導她並且寄予厚望，可她畢竟出身於那樣一個惡劣的環境，後來又回去做懸命樓主七年。」

「睢安，七年是很長的時間，人是會變的，她所作的惡和害死的人，那都不是你的責任。你剷除她，也算是她為自己的惡付出了代價，你不要太苛責自己。」

睢安聽著柏清的話，平靜的表情終於出現一點變化，他有些無奈又蒼涼地笑起來，眼睫顫動著，微微抬起頭朝著柏清說話的方向。

「你在說什麼啊，師兄。」

頓了頓，睢安嘆息一聲，他似乎覺得很難和柏清講清這件事，於是提起另一個話題：「師兄，你不是一直很想知道，我為什麼失明麼？」

「你為什麼失明？」

柏清愣了愣，這確實是他多年來的疑惑，他還以為睢安會永遠對此事閉口不言了。

「你應該也覺得很奇怪，為什麼我剛發現即熙已死，就認定禾枷就是即熙罷。」

那日睢安逕自走到冰窖掀了即熙的棺材確認了她的身分，因為太過混亂和慌張，柏清一度忽略了這個問題。

這兩件看似毫無關聯的事情被睢安提起，柏清驀然想到一種可能。他的瞳孔放大，站起身揪住睢安的領口，睢安被他生生提起來，柏清氣急地質問道：「你對即熙用了守生祝符？你……你怎麼能這麼胡鬧！」

守生是只有星君對另一位星君才能賜予的祝符，授符者相當於被護者的第二條命，但凡被護者受到重大傷害瀕死，那傷害都會轉移到授符者身上。

以授符者之命，救被護者之命，唯有授符者親自殺死被護者方可解此祝符。

睢安淺淺一笑，坦然地點點頭。

「三年前即熙遭遇不測，那傷轉到我身上，我以失明為代價抵過。我是授符者，她是被護者，這世上我還活著她卻死了的唯一可能，就是我……親手將她殺害。」頓了頓，睢安說：「所以那時候我立刻意識到，唯一對得上年齡和性別的人，就是禾枷，她是禾枷。」

柏清驚詫得說不出話來，用守生祝符，這怎麼會是睢安做出來的事情？

睢安沒有聽見他的回應，了然地笑笑，他眉眼生得柔和，眨眼間時整時缺的銀色星圖彷彿晨光閃爍。

「我知道我身負天機星命，只要我活著天下就統一安定，少有人禍亂世。我的命不是我自己的，我的人生不是我自己的，我從出生開始就要作為天機星君活著。」

「我是這個世上最不得自由，不能任性的人。我知道我不應該把這樣至關重要的命，繫在她的身上。」

「但是師兄，我畢竟是凡人，我也有私心，我也有極限。」

柏清怔怔地看著眼前這個從小堅強溫柔，從不讓人擔心，強大到無論怎樣的災難也會笑著說沒事，然後安然化解的師弟。

他說——師兄，我到極限了。

他說——我為了天下萬民，為了世間正義良知，為了天機星命而活，我可不可以為了自己而死。

——我想作為睢安這個人而死。

柏清無言以對，他忽然想起很多很多年之前，當睢安還是翩翩少年剛封上星君，第一次試著引渡心魔。突然有一天睢安對他說：「師兄，我可以不做天機星君嗎？」

他只道是睢安遇到什麼困難想退縮。那時睢安已經顯現出極為優秀的天賦，被所有人寄予厚望。於是柏清端起作為師兄的架子，訓導道：「你怎麼可以有這種想法？你是星命書選中的人，不會有人比你更適合做天機星君了。天下安危繫於你一身，你有這樣的能力，就要承擔起這個責任來。」

那時候睢安看了他很久，彼時的少年還有一雙明亮清澈的眼睛，安靜地望著他好像要確認什麼似的。最後少年輕輕一笑，輕描淡寫道：「我明白了，師兄。」

他並沒有問睢安，你為什麼不想當天機星君？你遇到了什麼麻煩？你為何感到不安？

此時此刻柏清看著睢安，恍然思索如果睢安說做不想做天機星君，難道他真的肯讓他放棄嗎？

睢安是這幾百年來最長壽最優秀的天機星君，沒人比得上他，不可替代。於是在所有人心中，睢安首先是天機星君，之後才是睢安，歷來如此。

他還記得睢安差點被燒死的那場試煉中，即熙站在睢安休養的房屋門外，死也不讓求助的百姓進去，甚至連他一起罵。

她說如果睢安死在試煉裡怎麼辦？憑什麼他當天機星君就要這麼予取予求，全世界都仰仗他的犧牲？

他當時只覺得即熙孩子氣。

或許這就是即熙對睢安意義非凡的原因，而他們則不以為然。在這麼多年裡每次柏清責怪睢安不肯敞開心扉，無法讓人接近時，睢安從未反駁什麼，只是笑著接受了他的責難。

但睢安從未抱怨過，從未責怪過他們。

柏清頹然地鬆開睢安的衣襟，坐在地上，他紅著眼睛看向睢安，說道：「即熙……對你就這麼重要？」

睢安沉默了一會兒，微笑著點點頭：「大抵是我在這世上，最重要的人。你現在是不是覺得這些年看走了眼，沒看出來自己這師弟是個瘋子？」

「拜師儀式就交給你了，你會是比我更好的宮主，比我更好的師父。若星命書有意，我死之後它自然會尋找下一位天機星君。」

「我也會帶著它們一起死的。」睢安指指自己額上的星圖，淡然道：「那些心魔我會與它們同歸於盡，不會放出一絲一毫，你的師弟雖然是瘋子，但所幸是個很強的瘋子。」

柏清惶惶道：「我並不是……」

並不是只擔心天機星命的著落，擔心心魔被放出。可這樣的話此時說出來，顯得太過蒼白。

「我明白。」睢安笑了笑，安然回答。

他越淡然，越溫柔，越讓柏清感覺到無以復加的絕望。

如果睢安憤怒，痛哭流涕，甚至怨恨他們，他都覺得有轉圜的餘地。但睢安很好地控制住自己，壓抑痛苦，他把前事後事都安排妥帖，不給他們添麻煩。

這樣周到的求死，可能是睢安除了守生祝符外，這一輩子最任性的舉動。

他總是覺得睢安溫和心軟，但是此刻他發現睢安其實悲憫又決絕。

他知道自己勸不回睢安了。

談話結束之後，柏清站在靜思室之外，眼睜睜地看著靜思室周圍湧動起不安的靈力流動，紙門上睢安的身影顫了顫然後伸出手撐在桌子上。

察覺到不對的星君們紛紛趕來，詢問柏清睢安為何突然出現失格徵兆，柏清卻無法回答。他們說要如何才能救睢安，他更無法回答。

他掐指算了睢安這一劫，大凶之兆。

靜思室裡的符咒全數被觸發，將睢安身上泄出的力量封在房間以內，不大的屋裡充斥著睢安混亂的靈力。睢安端坐在蒲團之上，他額上的星圖沿著那銀色的脈絡裂開，鮮血沿著他的臉頰一路流淌向下，流進他的脖頸慢慢染紅他的衣襟。

他閉上了眼睛，被心中那些興奮瘋狂的心魔包圍著，在能把人逼瘋的混亂中，睢安輕輕一笑。

「既然已經來了，何不現身相談？」

靜思室的角落裡空氣凝滯了一刻，慢慢顯露出一團看不分明的黑霧，依稀有個男子的身影籠罩在團團黑霧之中。那人開口，聲音嘶啞緩慢。

「此時此刻還能察覺到我，不愧是天機星君。」

「過獎了，魔主大人。」

「命運如此苛待你，令你親手殺死摯愛之人。可你連失格都要萬般克制，不肯放出心魔不肯讓靈氣化為煞氣，憑什麼你被命運戲耍，還要如此回報它？」那黑霧中的人影冷冷地嘲諷地說道。

睢安心中那些心魔隨著他的話而躁動，喧囂聲達到頂峰。睢安忍不住伏在桌上吐出一口血，他衣襟上一片鮮紅，桌上也一片鮮紅，如同山腳下開著的那片牡丹花海。

「你都要死了，何必費心壓制那些心魔。」

睢安擦去唇邊的血，揉著太陽穴笑道：「魔主一句話它們便強大不少，果然厲害。

不過在下有些疑惑。」

他又吐出一口血，咳了幾聲，唇邊皆是豔烈般的殷紅。

「師父如何而死，即熙如何與之扯上關係，仙門世家緣何討伐，她又為何恰好被我所殺；南方大陣的渡厄燈怎會突然損壞，不周劍又為何失竊挑起心魔。如今這結局究竟是命運苛待於我，還是魔主您推波助瀾呢？」

黑霧中的人影沉默了。

睢安閉著眼睛，在一片喧囂的黑暗裡笑了笑，說道：「您埋下因果，以南方大陣損耗我的靈力，以引渡心魔增加我身上的煞氣。閣下這般用心良苦，都是等著在此刻狩獵我，我實在受寵若驚。」

那黑影終於出聲，冷冷道：「所以你現在失格，是真的失格，還是為了要我現身？」

「閣下不妨猜猜。」睢安笑了笑。

魔主此時出現在這裡，無非是等他失控，等他身上的靈力全數轉化為煞氣，在星命書殺死他之前吞食他的力量得以壯大。

一位星君失格而死的煞氣可抵千萬人生祭，更別說鎮壓天下心魔的天機星君，魔主這般狩獵星君的想法著實高明。

睢安的聲音非常冷靜，光看表面完全無法看出他身體裡沸騰的煞氣和心魔，他淡淡道：「不過您生於十四年前的招魔臺，如此年輕為何不韜光養晦，反而如此急於壯大力量，甚至主動招惹星君？」

黑影中的人冷冷一笑，說道：「事已至此，你居然還能分析這些事。」

睢安直起身來，對著聲音的方向笑了笑：「閣下如此大費周章，我怎能令閣下失望。」

那黑影似乎想要說什麼，在他出聲之前靜思室的門突然被破開，黑霧包裹著人影迅速消失。睢安察覺到魔主離去，剛剛那淡然的表像終於撐不下去了，脫力地趴在桌子上再嘔出一口血。

一個激憤至極以至於顫抖的聲音由遠而近地響起來，來人迅速坐到他身邊撐住他的身體，怒罵道：「你他娘的……你是不是瘋了？你究竟想幹嘛？我第一次聽說失格還能預料到好好交代後事的，你既然能控制住為何要故意被心魔反噬！」

這般熟悉的聲音，是師母大人。

即熙捂著睢安額頭上不斷流血的傷口，卻只是徒勞的沾了滿手濕熱，她慌張得六神無主。

從來溫柔強大衣衫整潔，纖塵不染翩翩有禮的睢安，此時閉著雙眼，半邊臉頰血流如注，衣衫上桌上全是他的鮮血，顯得他蒼白的臉色越發刺目。

她從來沒有見過這麼豔烈，如同烈火灼燒的睢安。彷彿這把大火很快就會燒盡，徒留絕望的灰燼。

睢安低聲笑了笑，把她捂著他額頭的手挪開，說道：「我很清醒。我會用靈力與它們相抵，星命書殺死我之前，我是不會失控的。」

即熙不明白他在說什麼。

都這個時候了還說這些廢話是不是有病？

即熙幾乎是吼出來的：「你在胡扯什麼？你快給我停下來！」

「人總會死的，天機星君也會死，不過我死之後星命書還會找到更好的天機星君。」睢安淡淡地回答。

「誰他奶奶的管什麼新的天機星君，就算馬上冒出一千個一百個新的天機星君，個個比你厲害又有什麼用！他們都不是你！我要你睢安活著！」即熙聽到自己的聲音在空空的房間裡迴盪，好像恨不能鑽進睢安心裡讓他乖乖聽她的話去做似的。

她當然知道人都會死，她從小就知道自己將會早亡，並且都死過一次了。但是睢安不一樣，他這樣笑意裡有春風，胸中有溝壑，影子裡都能開出花朵的金子一般的人，他活該平安喜樂長命百歲。

再不濟，再不濟，也不能是因為她而死啊！

「你不是說就算世人都容不得她，你也會容她的嗎？她就算騙了你，那她對你也是有真心的啊，你就這麼失望嗎？你就不能原諒她也放過自己嗎？」

即熙說著說著，眼睛就紅了。

她蹭的站起來掏出一把匕首架在自己脖子上，大聲喊道：「你聽好了！今天不是你死就是我死，你要是不聽勸那我告訴你，我得被你害死！」

她激烈的言辭穿過心魔的哀號到達雎安的腦海，他一邊低咳一邊無奈道：「師母……妳這是幹什麼？妳死了也不能救我……」

「你甭管！我……」即熙話還沒說完，雎安突然起身衣袖翻飛間奪走她手裡的刀。

他將拿刀的手背在身後，上衫完全被鮮血染紅，右額之下一片淋漓血跡，他閉著眼睛穩住身形，忍著被心魔反噬的劇痛低聲說道：「師母，您不要鬧了。」

即熙咬著唇，她的眼睫顫抖著，終於哭出聲來：「是誰在鬧？是誰他娘的在鬧啊！你別死好不好？我真的我從來不求人的，但我求你好好活著行不行？」

她往前走雎安就往後退，她總是說不過他，從小到大多少年裡一直只有她被說服的份，她從來沒有說服過雎安。

但是能不能有一次，這輩子她只求這一次，讓她勸服雎安。即便她現在慌到什麼道理都想不到了，不知道還有什麼事情能讓他留在這個世間，只能這樣一邊憤怒一邊懇求。

她知道他雖然溫柔好脾氣，卻也是最固執最決絕的人。

「這世上就沒有你可以留戀的嗎？宮裡的山楂樹橘子樹怎麼辦，冰糖怎麼辦，海哥怎麼辦？你不能種了它們、撿了牠們又不管它們了吧！」

即熙靠近雎安，去搶他手裡的刀。

睚安聽了剛剛那一番話，不知怎麼愣住了。待即熙來搶他的刀時，他猝不及防沒有站穩，被她的衝力帶著摔倒在地。

即熙跟著倒在他身上，她揪著他的衣襟，眼淚一滴滴落在衣襟的血跡上，沖淡了血痕。

她哽咽著低低地，彷彿祈求般說道：「你收了我的紅包，你答應我要好好的不受傷的。你不能這樣，你不可以騙我。」

你答應過我，你說絕對不會辜負我，所以你承諾過的話不可以食言。

即熙還沒有說出這句話，睚安忽然伸出手來抱住她，慢慢地收緊手臂，指間緊緊攥著她的衣服。即熙被這樣抱住，無法抬頭去看睚安額上的傷，只能慌張地問道：「你怎麼了？哪裡很疼嗎？」

睚安沒有說話，他沉默著，長久地沉默著，直到即熙不安地掙扎。他突然低聲說：「我在想……」

「嗯？」即熙疑惑地出聲。

「被箭射中心臟的時候，是不是很疼。」

「啊，這個不疼……我猜應該不疼吧，立刻就死了哪來得及疼。不過可能會有點冷吧。」即熙不明白他突然說這個幹什麼，猶豫著回答道。

「會很冷嗎？」

「我猜……也不會太冷吧。」

那就好，她一向是很怕冷的。

即熙終於掙扎著抬起頭來看向雎安，他微微睜著眼睛，不知是不是因為眼睛裡進了血，眼眸被染得一片鮮紅，脆弱得好像要碎了。那低垂的眼眸裡翻湧著驚心動魄的情緒，即熙不明白那是什麼含義。

然後她驀然發現他額上的傷口好像不再流血了，房間內動盪不安的靈力也慢慢平靜下來。

四下裡安靜得讓人害怕，如果不是他身上浸透著血跡，剛剛那些混亂憤怒和祈求都好像夢境似的。

她怔怔地看著雎安，小聲說：「你……你停下來了？你……不會再失格了吧？」

雎安輕輕點點頭。

即熙怔了半晌，然後渾身脫力一般伏在他身上嚎啕大哭起來，肩膀一聳一聳的，揪著他的衣襟哭道：「你他大爺的是不是在玩兒我，你存心要嚇死我是不是，你這個混帳東西！」

可能全天下，就只有她會叫天機星君混帳東西了。

雎安伸出手去拍她的後背，他的下巴抵著她的頭髮，說道：「對不起。」

「你他大爺的，你還錢！把我的紅包還給我！」即熙大哭著胡言亂語，她抽著鼻子說道：「你額頭上的傷要是留疤了怎麼辦？你長得這麼好看，破相了怎麼辦？」

睢安沉默了一瞬，終究忍不住輕輕笑了一聲。

「即熙……」

「叫什麼寄汐，寄汐也是你叫的，叫師母！」即熙抹著眼淚吼道。

「……師母。」

「你要幹什麼？」

「我有點兒累。」睢安輕輕地如嘆息般說完這句話，即熙還沒反應過來，他的胳膊就垂落在地，輕輕的「咚」的一聲響。

他合上了眼睛。

那一刻即熙的世界轟然作響，她整個人顫得不行地去捏他的脈搏，滑了好幾次才勉強捏住。

那裡傳來堅實沉穩的跳動。

他還活著，他只是暈過去了。

即熙鬆了一口氣，覺得心臟跳得太厲害以至於要喘不上氣來，她中箭而死的時候都沒這麼難受過。再看著他滿臉是血的樣子，即熙可能真的要心梗了，於是她一邊叫冰糖帶人進來一邊用衣袖擦去睢安臉上的血，他流了太多血，她擦得很小心。

他還活著，睢安還活著，太好了。

她被他搞得，差點再死一遍了。

第十四章　甦醒

睢安從那久違的靜默中醒過來時，感覺到周圍一陣騷動聲，似乎有許多人圍著他。

「師弟……」柏清猶豫的聲音響起來，他似乎很小心，不知道該說什麼好。

睢安還沒來得及安撫他們，伴隨著一聲輕響，他感覺到臉上一陣疼痛。

「你……你還知道醒！」

她的語氣惡狠狠的，但是聲音分明顫抖著。

周圍傳來更大的騷動聲，椅子落地，腳步紛亂，奉涯的聲音喊著：「師母，快把花瓶放下，使不得啊，他才剛醒啊。」

「師母您冷靜，您冷靜！」

又聽見思薇的驚呼，氣憤說道：「睢安師兄好歹是星卿宮主，妳仗著自己輩分高也不能這樣造次……」

「說一萬句我也是你們師母，你們起開！」

春日溫暖的風帶著花香，她激憤清脆的聲音在嘈雜聲裡依然突出，像是劈里啪啦燃燒的柴火。

做了長輩，脾氣也變大了。

睢安的嘴角慢慢揚起來，他微微偏過頭去，說道：「師母，我知錯了。」

嘈雜聲停了下來，那個剛剛打了他一巴掌的姑娘色厲內荏地質問他道：「你真的知錯？」

「知道了，以後不會了。」

那邊沉默一瞬之後，聲音帶著一點咬牙切齒的哭腔：「知道就好！你給我好好養身體！」

「好。」

雎安笑出聲來，順從地回答道。

這一番混亂之後，柏清把守著雎安醒來的星君們打發走，關上房門之後走到雎安床前。

雎安的額頭和眼睛上繫著白色紗布，血絲滲透出來，他的臉色蒼白得不像話，整個人看起來虛弱極了，偏偏笑容還是沉穩的。

曾經只有在試煉結束接他回來時，柏清才會看見雎安一點脆弱。當雎安恢復記憶的瞬間，他會迅速地堅硬起來，就像數九寒天下的水即刻結冰，軟弱消失得無影無蹤，重新變回無往不利的天機星君。

直到前段時間雎安得知即熙的死訊時，他才第一次在雎安清醒的時刻看見他的脆弱。

柏清長長地嘆息一聲，坐在他床邊：「我還以為你不會回心轉意了。」

雎安笑笑，並未答覆。

「你……你還想活著就好……如今感覺好些了嗎？」柏清猶豫地問。

「嗯，我想通了一些事情，你放心。」雎安回答的很平淡簡單，聲音帶笑。

柏清暗自鬆了一口氣。

睢安的聲音頓了頓，笑意漸漸淡下去，神情嚴肅起來：「師兄，我見到了魔主。」

柏清愣了愣，驚愕道：「魔主？魔主出現了？」

「氣息很新，應該是十四年前豫州招魔臺養出來的魔主，他能瞞過星卿宮諸多符咒陣法，實力深不可測。在師母衝進來之前他就在靜思室裡，待吸收我失控靈力化為的煞氣。你要趕緊給澤臨寫一封信，讓他在外千萬當心，魔主很有可能找上他。」睢安神色凝重地說：「魔主似乎在狩獵星君。」

柏清怔了怔，他一下子站起來，震驚道：「他竟敢狩獵星君，還敢進星卿宮進靜思室？他相信自己能全身而退？如若這不是狂妄，那就是……」

「那就是他選擇依附的那個人有個很不錯的身分，能自由進出星卿宮，不會被懷疑。」睢安冷冷地回答。

一時間屋內安靜，這段時間星卿宮正值往來之人最多的時節，既有賓客又有新舊弟子交替，是混入星卿宮最好的時候。

柏清神色凝重，正欲追問下去卻見睢安臉色愈發蒼白，便說道：「我先囑咐星君們多加注意，你先把身體養好，待你恢復之後我們從長計議。」

睢安點點頭。

柏清離去之前突然想起什麼，對睢安說：「雖說星卿宮內事必躬親，絕無奴僕，但你如今身體虛弱需要人照顧，我找幾個弟子輪換著照看你罷。」

睢安微微笑起來，神情居然可以稱得上明朗，他說道：「這件事師兄不必掛心。」

自然會有人來的。

第二天天剛濛濛亮，即熙果然就帶著冰糖打開析木堂的門進來了。析木堂的封門符是睢安設的，即熙解不開，但是因為冰糖曾住在析木堂裡，所以睢安的封門符對冰糖自動解封。冰糖如今歸即熙所有，她仗著冰糖在前面開路，就這麼大搖大擺地跟著進了析木堂。

冰糖知道睢安受傷，走進析木堂也不叫，即熙拍拍牠的頭牠就乖乖跑出去了。即熙輕手輕腳地把門打開，室內一片昏暗，桌上的香爐幽幽飄著一絲檀香煙霧，書架上的擺設和書冊都看不分明。她提著步子和氣息繞過木製屏風，就看見床幃之間的人影已經起身靠著床邊坐著了。

一隻五指細長的手從容地伸出來掀起床幃，以青色細繩綁在床側柱子之上，床上之人的面容無遮無擋地清晰起來。睢安並未束髮，黑如夜幕的長髮披散在肩頭和床上。他穿著白色單衣，右額及右眼上蒙著白色紗布，紗布上透出一點血色。

他露出來的左眼眨了眨，然後微微彎起來，雖然目光無所著落但笑意分明。

「師母？」

被發現的即熙清了清嗓子，挺起腰板說道：「是，師母我來探望一下你。」

「這麼早？」

「怎麼，師母來見你也要專門挑時候？」即熙做出理直氣壯的樣子。

她走到雎安床邊，居高臨下地看著雎安說道：「你是不是正好要起床？我看你受傷了不方便，我這麼善良疼人的長輩，就照顧你一下罷。」

雎安的嘴角勾起來，像是想要盡力忍住笑意但是沒忍住，他知道再這麼笑下去即熙要惱了，於是伸出手道：「那就有勞師母了。」

即熙低頭看著他伸出的手，掌心向下指節分明。他常常會用這雙手捧著塤，吹出好聽的曲子，也會拿著不周劍所向披靡。

世上差一點就沒有這雙手，沒有他了。

即熙心下一酸，忍不住吸吸鼻子，伸出手緊緊握住他的手，悶悶道：「你欠我人情，可要記好了。」

雎安借著即熙的力量站起來，順著她的意思笑道：「好，我記得。」

嘴上「勉為其難」地照顧雎安的即熙，做起事來卻難得體貼細緻，幫他接水擦臉換衣服，最後把他按在鏡子前替他梳頭髮。

雎安的頭髮很柔軟，即熙聽說這樣頭髮的人脾氣也是極好的，大概這傳言不虛。她認真地梳著他的長髮，想著他既然不用出門去見弟子或議事，那就簡單點半束髮不加冠，只用根髮帶繫著。

「你又看不見，平時自己怎麼束髮的啊？還做得那麼整齊。」即熙邊梳邊問。

銅鏡裡的睢安笑笑，說道：「剛開始費了一番力氣，時間一長自然就熟練了。倒是師母妳，怎麼很習慣照顧人的樣子？」

「嗨……我不是跟你說我愛逛青樓麼，這種穿衣擦臉梳頭髮的活兒呢，說來事小卻親密，做了她們就很開心。我還會梳很多複雜的髮髻呢。」即熙有點得意地說道。

她這邊得意著，睢安卻沉默了。即熙想起睢安似乎不喜歡她提關於青樓的事情，立刻扯開話題：「髮帶綁好了！吃早飯罷！」

睢安的早飯是清淡的粥和點心，即熙雖然嫌太清淡但也乖乖地跟著一起吃了。吃完睢安想要看書，即熙把他手裡的竹簡拿走，不給他看。

睢安的竹簡是雕刻了陰文的竹簡，可以摸讀，這種特製的竹簡沉甸甸的，即熙拿著背到身後，堅定道：「不行，你要休息不要讀書！」

睢安又去抽筆，即熙又把他的筆架拿走：「也不許寫字。」

見睢安又去抽擺在桌邊的宣紙，即熙一巴掌拍在宣紙上，威脅道：「你要是再不聽話，我就把這房間裡的陳設都換個位置，讓你啥也找不到！」

睢安無奈地笑著，左眼眨了眨抬起朝向即熙的方向：「那我做什麼？躺在床上躺一天嗎？」

即熙想了想，這樣似乎太無聊了，於是她盤腿坐在雎安面前，撐著下巴說道：「要不我陪你聊聊天，聊累了你就去休息，怎麼樣？」

雎安笑起來，他說：「冰糖呢？」

「去山裡找牠的狼朋友們玩了罷……是我要牠帶我進析木堂的，你別怪牠啊！」即熙維護冰糖道。

雎安點點頭，又道：「師母妳獲封貪狼星君，之後便有州府歸在妳的轄內，妳需要常去遊歷巡查，那些州府的仙門世家也會透過妳和星卿宮往來。」

即熙有些心虛地答應下來，當年她在分配州府之前就跑了，所以這些責任都沒有落在她頭上。

也不知道這些年是哪個倒楣蛋在幫她負責。

「之前貪狼星君的州府是我管轄的，日後就要交給妳了。」雎安說道。

「……」

原來這倒楣蛋就是雎安。

即熙撐著下巴看了雎安一會兒，心裡有個盤桓許久的問題終究是忍不住問出了口：「雎安，你是怎麼看待懸命樓，看待禾枷的呢？他們以詛咒為業……你覺得他們是惡人麼？」

「妳覺得呢？」雎安反問道。

即熙含糊著說：「我……我又不太瞭解他們……」

「這個問題有些複雜，不過世事本就複雜。」雎安想了想，回答道：「在我看來，熒惑災星就像一柄刀，之所以會有今天這種境遇，是因為太過鋒利沒有刀鞘。」

即熙直起身，認真問道：「刀？」

「熒惑災星的能力強悍而無約束，可以隨心所欲地詛咒這世上任何生靈，就連星君也不能抵抗。有傳言說災星會因為詛咒他人而折壽，這可能是唯一的代價。」雎安慢慢地說著。

即熙想是這樣，不過按照祖上流傳下來的說法，有位先祖一輩子沒下過詛咒，結果四十出頭也死了。可見熒惑災星天生短命，就算不詛咒也活不長。

於是後輩們達成了共識，不如賺他個富甲天下舒舒服服地活三十幾年得了。

——《以星為卿書》（上卷）完——

——敬請期待《以星為卿書》（中卷）——

高寶書版集團
gobooks.com.tw

YE 111
以星為卿書（上卷）

作　　者　黎青燃
責任編輯　吳培禎
封面繪圖　夏　青
封面設計　夏　青
封面題字　單　宇
內頁排版　賴姵均
企　　劃　何嘉雯

發 行 人　朱凱蕾
出　　版　英屬維京群島商高寶國際有限公司台灣分公司
　　　　　Global Group Holdings, Ltd.
地　　址　台北市內湖區洲子街88號3樓
網　　址　gobooks.com.tw
電　　話　(02) 27992788
電　　郵　readers@gobooks.com.tw（讀者服務部）
傳　　真　出版部(02) 27990909　行銷部 (02) 27993088
郵政劃撥　19394552
戶　　名　英屬維京群島商高寶國際有限公司台灣分公司
發　　行　英屬維京群島商高寶國際有限公司台灣分公司
法律顧問　永然聯合法律事務所
初　　版　2025年06月

原著書名：《師母她善良又疼人》由北京晉江原創網絡科技有限公司授權出版。

國家圖書館出版品預行編目(CIP)資料

以星為卿書 / 黎青燃著. -- 初版. -- 臺北市：英屬維京群島商高寶國際有限公司臺灣分公司, 2025.06
　冊；　公分. --

ISBN 978-626-402-273-6(上卷：平裝). --
ISBN 978-626-402-274-3(中套：平裝). --
ISBN 978-626-402-275-0(下卷：平裝). --
ISBN 978-626-402-276-7(全套：平裝)

857.7　　114006979